人类是宇宙漫长黑暗中的瞬间光亮

宋小君 著

燃烧的山川

广东人民出版社

图书在版编目（CIP）数据

燃烧的山川 / 宋小君著 . — 广州：广东人民出版社，2023.4
ISBN 978-7-218-16047-4

Ⅰ . ①燃… Ⅱ . ①宋… Ⅲ . ①短篇小说－小说集－中国－当代 Ⅳ . ① I247.7

中国版本图书馆 CIP 数据核字（2022）第 175227 号

RANSHAO DE SHANCHUAN
燃烧的山川
宋小君　著

版权所有　翻印必究

出　版　人：肖风华

责任编辑：李幼萍
责任技编：吴彦斌　周星奎

出版发行：广东人民出版社
地　　址：广州市越秀区大沙头四马路10号（邮政编码：510199）
电　　话：（020）85716809（总编室）
传　　真：（020）83289585
网　　址：http://www.gdpph.com
印　　刷：三河市龙大印装有限公司
开　　本：880 毫米 × 1230 毫米　1/32
印　　张：9　　字　　数：156千
版　　次：2023年4月第1版
印　　次：2023年4月第1次印刷
定　　价：42.00元

如发现印装质量问题，影响阅读，请与出版社（020-87712513）联系调换。
售书热线：（020）87717307

目录 | CONTENTS

父之怒	/ 1
咏少年	/ 23
白脸将杀	/ 47
燃烧的山川	/ 87
人间时差	/ 123
坠龙	/ 137
炼山	/ 157
哑父	/ 175
星尘里见	/ 195
她的名字叫粉	/ 213
了不起的东方亮	/ 251
后记	/ 279

父之怒

父女两个往前走,赵明凡腿不听使唤,一歪,两个人都倒在了雪里。
赵明凡看着女儿,哈哈大笑。
从那以后,赵明凡把酒戒了。

报告政府，我全交代。我胆小，可不敢杀人。我就抢过一些钱、首饰。我骑摩托车，抢了就跑，有一次还掉沟里了，摔断了两根肋叉骨。

赵明凡在公园里练袖刀，用腰发力，胳膊一甩，袖刀钉在树上，刀把是木头的，被摸得很光滑。

刀是三棱的，三个面都开了刃，赵明凡自己磨的。

刀把上有根红绳，红绳另一头缠在胳膊上，刀甩出去，还能拉回来，循环使用，"可持续发展"。

赵明凡肺不好，老毛病了，一活动气就不够喘。

大夫说他七十岁的人，八九十岁的肺。

赵明凡坐在自带的马扎上，喘得像个吸尘器。

他掏出一个药盒，往保温杯里撒粉末，粉末溶在水里，喝了一大口，发出声响，像是喝烈酒。

包装盒上写着"万艾可",就是"伟哥"的意思,这是赵明凡自己发现的秘方,喝了就有劲儿,不然总是觉得身上虚,总想睡觉。

他没时间再睡觉了。

赵明凡收拾东西,去找老王。

老王在树荫底下逗鸟。

鸟儿是黄莺莺,金贵。

老王左臂短了一截,当年因公受伤,受到过上面的嘉奖,退下来这几年,一得空,就喜欢给鸟友们讲他这一截胳膊是怎么没的。

那是个亡命徒,他跑,我们就追,跑进产速冻饺子的生产车间,那孙子太慌,跑得又快,摔在绞肉机上,机器正在那儿绞肉呢。我一把抓住他,把他拽出来,自己的胳膊绞进去了,也顾不上疼了,保命要紧,几个人扯着我,咔嚓一声,一截胳膊断里面了,没能接上,成了个伤残。

老王正讲得兴奋,没看见赵明凡来了。

赵明凡背着手,耐心听他说完。

老王每次讲的版本都不一样,但他肯定不是故意说谎,可能是脑子出了毛病,很多事儿记串了。

鸟友们看到赵明凡来了,都散了。

赵明凡放下马扎,在老王身边坐下来,老王还盯着鸟看。

赵明凡从怀里掏出一本皮面儿的本子,打开,里面用圆珠笔密密麻麻地写满了字儿。

老王眉头皱起来。

赵明凡说,你还想起什么了?接着说说。

老王看着赵明凡说,十多年了,凶手说不定已经死了,就算没死,也可能因为犯了别的事儿被抓了,正在牢里蹲着呢,早晚也得死。

赵明凡摇头,我天天看新闻、看报纸,还上网,没查到有哪个罪犯手里有仿64式手枪。那把枪杀了五个人,枪里至少还有两发子弹,这种人我知道,剩下的子弹一定要打出去的。

老王习惯性地挠自己的断臂,挠得通红,说,老赵,你听我一句劝,你都七十多了,这不是你该干的事儿。那么多警察呢,哪个闲着了?

赵明凡点点头,警察是没闲着,但也没查出来。凶手就在这镇上你信吗?他杀的女人都在镇上,他不会跑,他得跟他犯的事儿在一起,这人就这样。

老王不爱听,你成神探了啊?

赵明凡说,死的是我亲闺女,要是我死之前查不出来,我没脸见她。

老王终于叹了口气,我都说了一百遍了,我知道的都说了,说得都违规了,你知道吧?

赵明凡戴上老花镜,拿起笔,盯着老王,像个小学生。

老王没办法。

64式手枪,越南仿制的,那几年从黑市里流过来不少。黑市嘛,两头黑,很难查到谁卖的、谁买的。

赵明凡把笔头按在本子上,没写,显然,这个信息老王之前已经说过了。

尸检报告上说,就咱闺女不是死于枪杀,是死于窒息,枪,是后来补打的,相当于凶手的签名。这孙子作案严谨,每次都打同一个地方。身高一米七五左右,当时年龄二十七八岁,上肢粗壮,还有……

老王停下来,不想再往下说。

赵明凡在本子上写写画画,不会写的字儿就画个圈,听到老王停下来,头也不抬,说,没事儿,你就说。

老王清了清嗓子,凶手性功能不行,可能阳痿,喜欢用枪代替。还有就是,有个专家说,她满口的牙都被拔掉了,可能是因为咬了凶手。凶手为了毁灭证据,才拔的牙。

赵明凡的笔在纸上停了一会儿,又接着画。

老王看着赵明凡,说,老赵,说句不中听的,你别折腾自己了,事儿都过去那么久了。

老赵抬起头看着老王，说，我这儿过不去。

我这个人，是个坏人，也是个怂人。有一回抢一个女娃娃，是个近视眼。她跑，我追，她跌倒，摔泥坑里，我去扯包，她给了我一石头，血流进我眼睛里，她爬起来跑了。我想这不行，我身子太虚了，我得弄把枪。

赵明凡在蛋糕店买了个蛋糕，让店员写上"小染生日快乐"。

小染是赵明凡的女儿赵不染的小名。

蛋糕精致漂亮，赵明凡拎着走在路上，时不时能闻到奶油的香味儿。

赵明凡今天有点高兴。

小染，又过生日了。

赵明凡把蛋糕摆在赵不染坟前。

给女儿点上香，烧了纸，给自己点了根烟，呛得又咳嗽。

叼着烟绕着坟包走了一圈儿，薅下来一把野草。

这里的草长得可真快。靠着河，就是土肥。

赵明凡靠着女儿的墓碑坐下来，和女儿一起往下看，山坡底下的四喜河结了冰，泛着光，看猛了，还晃眼。

"四喜河"是个俗名，原本这条河没名字。就因为河里面露出几块石头，远看就像麻将牌，才有了这个名儿。

蛋糕上，奶油慢慢融化。

婊子养的。

一群小孩儿都围着十岁的赵不染，骂出他们从大人那里听到的最恶毒的脏话。

赵不染两只手各握着一块石头，脸蛋儿冻得通红。

她梗着脖子说，我妈是婊子，你们骂她可以，但我不是婊子养的，我是我爸养大的。谁要再骂我，我就打破谁的头。

婊子养的。

一个小胖子不信邪，他的话刚丢出来，脑门上就开了花。

小孩们一哄而散。

赵不染把另一块石头扔掉，扬长而去。

赵不染她妈跟着镇上卖菜的跑了，拿了钱，还有自己的衣服，一罐她爱吃的辣椒酱。

赵明凡到处找了，没找到，看见的人说，小染妈妈是坐着卖菜的三轮车走的，还笑着跟熟人打招呼，就像是去赶庙会。

老婆跑了，赵明凡每天喝酒，每次都喝醉，天越冷，就喝得越厉害，他说喝多了，心里就不冷了。

晚上，下着大雪，赵明凡歪歪扭扭地往家里走，歪倒在路边，被埋在雪窝子里，也不觉得冷，打起了呼噜。

十岁的赵不染打着手电筒，沿着路找，喊爸爸，喊出来的字儿都冻在了半空中。

找到后半夜，才在雪窝子里发现了赵明凡。

赵不染拼命推，拼命叫，赵明凡一动不动，身上没热乎气。

赵不染一屁股坐在地上，扯着脖子哇哇大哭。

赵明凡被哭声惊醒，睁开眼，看到手电筒晃着他的眼睛，女儿坐在雪地里哭得冒鼻涕泡，酒就醒了，说了句，别哭了。

赵不染看到他醒了，哭得更厉害，我以为你死了。

赵明凡要起来，发现身体冻僵了，动不了。

赵不染来扶他，扶不动，就拿小手给赵明凡揉腿。揉了半天，好一点了，赵明凡勉强站起来，赵不染就跑到赵明凡腋下当一根拐杖。

父女两个往前走，赵明凡腿不听使唤，一歪，两个人都倒在了雪里。

赵明凡看着女儿，哈哈大笑。

从那以后，赵明凡把酒戒了。

蛋糕上的奶油，已经化成了一摊。起风了，吹得赵明凡睁不开眼睛。

他站起来，拍拍身上的土，跟女儿说，我给你看看我练的把式。

赵明凡运气，摆了个架势，一甩袖子，袖刀没飞出来，把袖子扯破了。

赵明凡很尴尬，跟女儿解释，这衣服袖子太长，回去我改改。

赵明凡看着烧纸上最后一点火星熄灭，站起身，往山坡下走。

年轻的赵不染坐在坟包上，看着老父亲跌跌撞撞地下坡。

我出来之后，找活干，都不要我，可我得活。我别的不会，就会开个货车，就给货运站当司机，一来二去，捡了个漏，弄了一辆货车。我身上有病，肾坏了，一把一把的吃药，不吃药皮肤就发蓝。大夫说，我就能活个三五年，可这三五年也不好混。外面人对我不好，比不上里面，有事可以报告政府。

赵明凡回到家，生好了炉子，屋子里还憋着没散出去的烟。

家里空空荡荡，没有多余的家具。

东面一整面墙上，都贴着剪报。

"'12·9'特大连环杀人案"。

赵不染印在报纸上的照片，贴在中间，褪色泛黄。

围着她的照片，向周围扯出来放射状的红色毛线，像一张蜘蛛网，联结的是这些年赵明凡收集的线索：死者、嫌疑人、地点、邻居、凶器。

大部分线索走到一半就断了,像无数条断头路。

赵明凡盯着墙看了一会儿,像一只不知道往哪里去的蜘蛛。

赵明凡打开赵不染的房门,站在门口发愣。

女儿的房间光线最好,阳光斜射进来,照在女儿用过的东西上。

房间里什么都没动,就是偶尔扫扫地、擦擦桌子。

平时赵不染住在学校宿舍,周末才回家。

那天不是周末。

赵不染和赵明凡通电话,听见他咳嗽得厉害,问他是不是老毛病又犯了。

赵明凡说,天冷了就这样,没事儿。

话还没说完,就咳嗽得喘不上气儿。

赵不染急了,说,你等我吧,我这就回去,明儿一早带你去医院看看。

那天风很大,风大了街上人就少。说要下雪,可一直没下。我也不想出门,可手里没钱了,没钱买酒,也没钱买药,就想出去碰碰运气,结果就碰到了那个女老师。我不是故意的,真的。就赶巧了,失手了。

赵明凡盯着时间看,快十一点了,赵不染还没回来。

打电话去她学校，值班的说早下课了，老师们应该回宿舍了。

赵明凡央求值班的，麻烦你去我女儿宿舍看看，让女儿接个电话，我就在电话里等。

十几分钟之后，电话里说，宿舍里没人。

赵明凡挂了电话，披上衣服就出了门。

风出奇的大，把人吹成斜线。

从中学学校回来，路不算远，赵明凡沿路去找。

路上没什么人，电线杆子好像都被吹得直晃荡。

赵明凡来来回回走了好多趟，都没找到。

他还没往坏处想，想着赵不染是不是有什么事儿耽误了。

一直到天亮，还是没有赵不染的信儿。

赵明凡报了警。

当时老王是这片儿的片警，招呼人一起找，出动了警犬。

赵明凡好几次路过四喜河，河面上都冻着厚厚的冰。

赵不染喜欢水。

夏天跑到河里游泳，冬天就用自己做的冰刀在河面上滑冰。

赵明凡这一次在河边停下来，踩着冰，往河上走，冰很厚，放眼望去，光秃秃一片，冰面上也没有破洞。

赵明凡松了一口气。

一个警察迎面向赵明凡跑过来，气喘吁吁，跑到赵明凡面前，也顾不上说话，拉着他，掉头继续跑。

老钢厂废弃了多年，一直传说有搞房地产的老板要炸掉厂子，起一片高楼，带着阳台那种。

可等了好多年，也没有人干这事儿。

开始的时候，还有个老头看门，每个月从镇政府领两百块钱，后来就不让老头看了。

这里就彻底荒了。

废车间里围了一群人。

赵明凡往里走，老王一把拉住他，说，老赵，你先别进去。

赵明凡推开老王，往里走，走出几步，停住，看了一眼，就瘫在了地上。

本来吧，她不是我的目标。只能说是赶巧了。我货车熄火了，应该是买的防冻液是假冒伪劣产品。我停下来抽烟，就看见她走过来，我这人信命，心里说就是她了。

赵不染手腕和脚腕上都缠着铁丝，铁丝勒进肉里，血迹都干了。

身上光着，到处都是伤，双腿之间一摊血，一口牙都没了，额头上有个洞，眼睛还睁着。

赵明凡瘫在地上，他感觉自己的肺开始漏气，拼命地咳嗽。

警察从赵不染脑子里取出来一颗子弹，这颗子弹来自一把64式仿制手枪。

从越南贩过来的。

再往下查，就查不到具体的人了。

那年连着一个月下大雪，老矿上塌方，从矿坑里挖出四具尸体，都是女性，额头上都有个洞，都是被子弹射穿的。

公安局推论，凶手有一把64式仿制手枪，枪里有七发子弹，现在还剩两发。不排除有备弹的可能。凶手有很大概率再次作案。

这事儿上了报纸，被定性为"'12·9'特大连环杀人案"。

一下子轰动了，搞得人心惶惶，女孩到了晚上都不敢出门。

尸体上没有提取到指纹，凶手应该戴着手套，死者体内也没有精液残留，但有撕裂伤，怀疑凶手有射精障碍。

公安部门开始了大规模排查，把但凡能扯上关系的嫌疑人都查了个遍。

没有收获。

可能是公安局的排查起到了震慑作用，从那以后，凶手一直没有作案，社会风气也渐渐好了起来。

凶杀案就成了一桩旧闻。

鉴于当年的一些技术限制，凶手一直没有抓到，案子一直没破。

镇上的领导换了好几任，赵明凡一有了线索就往公安局跑。

但凡和赵不染有关系的同事、同学、朋友，赵明凡走访了个遍，甚至自作主张地跟踪过好几个他认定的嫌疑人。

被跟踪的报了警，老王大骂赵明凡，不要掺和，这样犯法知道吗？查案不是你该干的事儿。

老王说，这个案子定性了，随机杀人。就是凶手随机挑选目标，得手了就跑。可能再一次作案，也可能就猫着了。但总能查出来，就是需要时间。

其间，这案子真有了转机。

发生了一桩抢劫案，警察抓到一个犯人，寸头，二十七八岁，无业游民。寸头抢劫了一个从银行里出来的妇女，但没想到是去存钱的，就只抢到几百块钱，还被妇女追着跑出去五六里路，最后跑进了老钢厂后面的林子里，迷路了。

寸头说他在林子里看到一辆卡车，绿色的，轮胎上绑着铁链子，黑色的铁链子，车牌用黑布蒙上了，里面有女人叫。

寸头大着胆子凑近去看，还没等看清，里面扔下来一把榔头，丢在寸头面前。

我知道是丢给我看的。是个狠人。我就跑了。

于是就开始排查符合描述的卡车。

登记的几十辆卡车，逐个审查，没有符合条件的。

线索又断了。

赵明凡把赵不染葬在了四喜河对面山坡的祖坟里。

出殡的时候，他一声没哭，不知道该怎么跟祖宗交代。

烧了纸，烟尘缭绕，赵明凡又咳嗽起来，站起来躲烟，揉眼睛。

从那以后，赵明凡每天就只有一件事儿——查案。

查到老王退休。老王说，老赵魔怔了。

查到老钢厂整体爆破。

那天镇上的人都去看，赵明凡也去看了，爆炸的声音不大，就是尘土大，像要把整个镇都吞了似的。

后来，老钢厂的旧址就真的起了一片楼，有阳台那种。

开盘那天，赵明凡也去了。

售楼处立着罗马柱，搭了个高高的舞台，零下十几度，跳舞的小姑娘们只穿着单薄的衣服，跳得欢天喜地，赵明凡手里多了一张传单，上面写着"上风上水，传世名邸"。

老王定期陪赵明凡喝酒，喝多了就跟赵明凡说，老赵，我心里有愧，有愧啊。

赵明凡安慰他，不怪你。

赵明凡在公路边，发现了一个新开的修车铺。

修车的人，三十五六岁，黝黑，跟人说话时眼睛不看人，粗壮，以前没见过。

赵明凡故意在对面卖烤地瓜，盯了三天，越发觉得像。

晚上两点多了，修车铺里还亮着灯。

修车的背着一个帆布包，摸出来，上了公路，沿着公路一直走，边走边一把一把地撒钉子。

蹲下来的时候，修车的脖子上一冷，多了一把刀，修车的不敢动，说，要钱给钱，别攮我。

赵明凡忍着咳嗽，问他，你是不是杀过一个姓赵的女老师？

修车的说，我撒钉子扎车胎，然后补胎，我只会干这个。我不杀人。

赵明凡不信，说，你有枪。

修车的说，有。

赵明凡激动起来，你带我去看。

赵明凡架着刀子，跟着修车的进了修车铺。

修车的给赵明凡看，是有把枪，不过是充气枪。

赵明凡说，不是这把，是64，仿制的64。

修车的说，什么64？

赵明凡急了，想给修车的一点苦头吃，就看见了一摞轮胎里，有两个上面绑着铁链子，黑色的铁链子。

赵明凡的刀割进了修车的肉里，问他，卡车是你的，你把车卸了。还不承认？

修车的说，车胎是有人卖给我的，我给了他几十块钱。不诓你。

赵明凡问，什么人？

修车的想了想，说，普通人。

赵明凡问，没特征？

修车的举起手，对着虎口比画，这儿有个豁口。

赵明凡看着修车的两只手的虎口都完好无损，心里泄了气。

又问，那人怎么来的？

修车的说，走路来的，滚着两个车轮子，身上还背着鱼竿，说是钓完鱼在路边捡的。

赵明凡说，你别回头。

修车的说，我不回头。

赵明凡退出来的时候，手抖得厉害。

第二天，赵明凡去渔具店买了鱼竿，店主说，去河里钓鱼，还得配上一根钢钎子，凿冰窟窿。

四喜河。赵明凡用钢钎子凿了个洞，摆下马扎，戴上护膝，开始钓鱼，一连钓了三天，钓到几条小鱼，又放回冰窟窿里去。

天越来越冷，除了他，没有别人来钓鱼。

但赵明凡还是每天坚持去，一直到天黑下来，什么都看不见了才回来。

入了三九，冰越来越厚，钢钎子都凿不动了，赵明凡用了半天劲，也没凿透，累得直喘气。

你凿的地方不对。

赵明凡抬头，看到一个男人，穿着黑皮衣，戴着皮帽子，呵着热气，两只手戴着皮手套，手里也拿着钢钎子，看起来其貌不扬，还有些窝囊。

看这个冰纹，越少的地方冰越薄。

那人用自己的钢钎轻而易举地就凿出一个洞来。

两个人坐在四喜河边等鱼上钩。

话都少。

赵明凡问,这儿能钓到大鱼吗?

那人说,能。有耐心就能。

又是沉默。

冰面上泛着白晃晃的光。

赵明凡说,冻僵了,我点把火吧。

那人说好。

两根鱼竿架起来。

赵明凡和那人烤火。

那人摘了皮手套。

赵明凡专心烤火,拿出保温杯喝了口热水,发出过瘾的声响,觉得浑身有劲了。

赵明凡问,你手上的疤哪儿来的?

那人说,狗咬的。

赵明凡说,放屁。

她一直叫我哥,求我。她说她有个老父亲,身体不好,有一年喝酒睡在雪窝子里,肺冻坏了。她说她妈在她小时候就跑了,就剩下她跟她爸相依为命。她要是死了,她爹也完了。说实话,我挺感动的。

她求我,她说哥,让我干什么都行。从这里出去,我就把这事儿烂肚子里,我跟谁都不说,我跟我爹也不说。

我说行。

就那个时候，我心里的想法变了，我想跟她做真夫妻，我知道自己早晚会死，我也不能跟她一块儿，我就只能跟她在一起这么一晚上。这对我来说，不够。我不可能一直和她这样的人在一块儿，除非她永远留下来。

赵明凡说，你手上的疤，是我闺女咬的。

那人说，我不认识你闺女。

赵明凡说，我找你十多年了。

那人说，大爷，你认错人了。

赵明凡说，我知道你有枪，64，仿制的，你至少还有两发子弹。

那人说，大爷，我没枪，有枪犯法。

赵明凡说，你一会儿掏出来打我，朝着我的脑门打，打准了，这不是你的签名吗？

那人说，大爷你别逗我了，鱼该上钩了。

赵明凡说，我七十了，能找着你，就没打算活，我也不会让你活。

那人说，大爷你是不是电视剧看多了？

赵明凡说，我每天锻炼，为的就是这一天。你抬头看到对面山坡上那片坟地了吧？有一座就是我女儿的。她在对岸看着呢。当爹的要为她报仇。

那人说，我没见过你女儿。

我掐她脖子,她知道自己活不了了,就咬住了我的手,往死里咬,我怎么扯也扯不出来,就用枪托打了几下,打下来几颗牙。

她不动了,我慢慢用力,她眼神也散了。

我盯着她看了半天,就喜欢她那一口碎米牙。

我想留个纪念。

走的时候,我总感觉她还在动,我害怕,就把枪顶在她脑门上,轻轻地开了一枪。

那人的鱼竿动了。

有鱼上钩了。

那人站起来,去收鱼竿。

赵明凡跟过去。

咬钩的是条红鲤鱼,活蹦乱跳地撒欢。

那人把红鲤鱼从鱼钩上解下来,丢进塑料桶,湿漉漉的手在衣服上蹭了蹭,擦干净。

抬头看着赵明凡。

赵明凡说,你掏枪吧。

那人无奈,大爷,你是不是老糊涂了?

话还没说完,枪响了。

林子里一群鸟被惊飞。

赵明凡低头看自己胸口，血从棉袄里渗出来，渗出一个圈，在冰天雪地里冒着热气。

那人面无表情地看着赵明凡，口袋里冒出烟。

赵明凡站着没倒，我就说你有枪。

赵明凡袖口里扯出来一条红绳，红绳向前延伸，另一头系在那人胸口露出来的刀把上。

刀把是木头的，被摸得很光滑。

那人眼神一下子散了，倒在地上，打翻了塑料桶，红鲤鱼跌出来，在冰上打挺。

赵明凡扯断红绳子，蹲下来，双手捧起红鲤鱼，一扔，想把它扔回冰窟窿，但力气泄了，没扔远，红鲤鱼在冰面上打了个滑，自己滑进冰窟窿里了。

赵明凡很满意，他慢慢地在河边坐下来，看向冰面。

冰面反射出来的白光，在半空中形成光斑，煞是好看。

赵不染踩着冰刀，从河对岸轻盈地滑过来，在河面上转圈儿，一会儿是个十岁的小女孩，一会儿又是个二十来岁的大姑娘。

咏少年

车灯轻而易举地把夜色扯开,
天上有月亮,也有星星,一点也不吝啬。
车停在背风的地方,两个人躺在车顶辨认星座。
老李指着一个位置说,那就是猎户座嘛。

又起了黄沙,大白天也要开着车灯,说起话来,声音里也掺着沙子。

警车上,老张叼着烟,路不平,烟掉在棉外套上,老张捡起来,又叼在嘴里,棉外套上的洞不止一个。

老李笑他,人靠衣裳马靠鞍,让你穿便衣,你就不能穿个好的?

老李扯扯自己的新黑夹克,你看我这件咋样?穿着可精神,不便宜,大几百元。

老张被烟熏得眯着眼,开车看路,一言不发,压着油,远远地跟着前面的一辆大奔。

光柱扯开黄沙,把灰头土脸的小镇抛在身后,车经过草甸子,再往前开,地上就露出黄沙土。山峁上,石头不规则地耸立,料峭突兀,低矮的灌木,东一块西一块,被黄沙染色,黄土地上几道浅浅的苦水横流,顺着山峁看,四下里大小不一的煤窑星星点灯,像坟墓一样兴旺。

老李说，罗阿尕这个天还敢让人下黑窑？这哈怂光顾着挣钱，把庄浪人的命不当命。这回非把他逮起来——

话没完，一辆车从黄沙里钻出来，拦腰撞上了警车。警车失了控，滚进黄沙里，底朝天，轮子还在转。

老张先挣脱出来，拉开车门，扯着老李的胳膊往外死拽。老李的脚卡住了，用了狠劲，才松下来。老张没来得及，失了力，两个人都倒在地上，老李吐出来一口和着血的沙子，骂了一句。

老张把眼一挑，让老李抬头，老李一看，黄沙里，七八个打手围着他们，手里都拿着钢管。打手个个年轻，眼神凶着，头发被风扯乱，脖子梗着。

老李和老张互相搀扶着站起来，老李脱下夹克，扔在一边，说了句，别脏了老子的新衣裳。

打手们抡着钢管一起围上来。

黄沙卷地，谁也看不清谁，就听见钢管砸在身上的闷哼。

风稍停，老张腰上挨了一钢管，疼得冒冷气，倒在地上，被几个打手压着，满脸血，胳膊被扯着，掏不出枪，一个打手照着老张的脑门就要抡钢管。

一声枪响，打手砸在地上，后脑埋进沙子里，眼睛圆睁着。

老张探脖子看出去，老李倒在另一侧，举着枪，两个人对望一眼，老李又对着天空打了两个连发。

打手们听到枪响，手里的钢管砸不下去，呆了呆，就松了手，连滚带爬，跳上车，一哄而散。

老张走过去，伸手要拉老李，老李举枪的手猛地垂下来。老张跪下去，看见一根钢管戳穿了老李的胸膛。

老张慌了，扯下来自己的棉外套，团起来压上去，血还在渗，像跟老张顶着劲儿。

风又大了，吹得老张睁不开眼。

老李低头看着老张那件棉外套，它已经被血浸得鼓鼓胀胀，说了句，你穿我的新夹克吧，别糟蹋东西，然后就闭上了眼。

追悼会上，老李老婆放声号哭，老李的儿子冷着脸，扶着他妈，一声不吭。

老张在一旁眉头紧锁，吧嗒吧嗒抽烟，注意到小李露出来的半截胳膊上文了一条龙。

副局长把一个募捐箱放在老张面前，告诉他，这些是同事们捐的，不多，三千，你给老李老婆送去吧，抚恤金还要等等。

老张点点头，起身往外走，经过老李的座位，脚定住了，在他工位上坐下来，点了根烟，默默抽完。

旧小区老旧，爬山虎长得狰狞，几个老头专心对付健身器材，秋天的树叶往下落。

茉莉花的糙茶很碎，在玻璃杯里散开，杯口冒着热气。

老张和老李老婆沉默对坐。

墙上，贴满了老李的奖状：先进个人、个人三等功……

奖状都褪了颜色，少了光彩。

老张盯着茶叶看，茶叶沉下去，又浮上来。

老李老婆脸上看不出悲喜，低着头说话，就留下我们孤儿寡母，不知道怎么活，孩子也不听话，天天惹事，跟人干仗，日子没盼头，不如死了好。

老张没出声，把信封放在老李老婆面前，说，局里同事凑的，一点心意。

老李老婆拧着身子转向一侧，没说话。

老张起身走出去。

老李老婆打开信封，从里面抽出六千块钱，点了两遍。

山峁上，老张穿着警服，风大，戴不住帽子，就扣在手里。

腰上旧伤加新伤，疼得厉害，但老张还是把腰挺得笔直。

他点了根烟，放在老李碑上，陪着老李一起抽，看着风吹过枯草甸子和矮灌木，很像给狗梳毛。

周围每个山峁上，大大小小的煤窑林立，个个都是一张嘴，风灌进去，就发出声响，像在哭。

小李叼着牙签，带着两个小弟，围着三五个放学的学生，翻他们的书包。

老张的车远远地停着，老张在车里看着。

没翻出几块钱，小李不高兴，拿课本打卷，拍学生的头，训他，明天带五块钱，没有就打死你。

学生低着头不敢说话，抄起书包，一溜烟跑了。

小李眼前一片阴影，抬头，老张站在他面前，挡住了太阳光。

小李站起来，盯着老张，吐出嘴里的牙签，骂，臭警察。

老张甩了小李一个耳光。

旁边的两个小弟垂手立着，不敢出声，也不敢跑。

小李反应过来，梗着脖子又骂，老张又一个耳光甩过来。

两个小弟大气不敢出，眼睛随着耳光声眨，像在数数，老张甩了小李十几个耳光，小李脸肿起来，眼睛睁不开，只能眯成一条缝。

局里。警察们都停下手里的活儿，抬头看着老张拉着小李进来。

小李肿着脸，眯着眼，双手被铐着，但是走得嚣张跋扈。

老张把小李按在老李坐过的椅子上，摔出一张表，让小李填。

小李骂骂咧咧，喊，警察打人有没有人管？

同事们还在看，老张抬起头，迎上他们的目光，同事们又赶紧各忙各的。

小李缩在角落里,脸上一跳一跳地疼。

下了班,局里人都走了,就剩下老张。

老张端着一碗面,蹲在小李面前吃,小李肚子叫,老张不抬头,只顾着吃。

小李强忍着,说,我想给我妈打电话,让她来捞我。

老张没理他,吃完面,递给小李一个黑袖箍,说,给你爸戴上孝。

小李把黑袖箍扯过来扔掉,我不戴。

老张喝完了面汤,站起来,把灯关了,黑暗把小李埋掉。

天亮了,警车停下来,车门打开,小李下了车,往前走,老张开着车在后面跟着他。

小李进了游戏厅,玩跳舞机。

一回头,发现老张坐在旁边看着他,手里拎着一大袋子游戏代币。

小李一曲刚跳完,老张就又把代币投进去,小李就又跳,跳得气喘吁吁,汗隔着衣服往外蒸。

小李跳着,老张就问,为什么不给你爸戴孝?

小李的声音跟着舞步抖,他不配。

老张就又投币,小李跳得越来越慢,步子乱了,腿发软,声音发颤了,家丑不可外扬,我跟你说不着。

老张一直投币,小李不认怂,一直跳,旁边的人都看过来,满脸愕然。

小李在跳舞机上像通了电的假人，腿脚不听使唤，终于跌在地上，喘不过气来。

老张又要投币，小李伸出手，从口袋里掏出黑袖箍，吃力地给自己戴上，喘着气说，反正我爸对不起我妈。

老张站起来，把剩下的代币扔在小李面前，起身走了，小李还在喘气。

大奔往前开，车里坐着罗阿尕，副驾驶上的小弟回头看罗阿尕，说，后面有辆警车跟着。

罗阿尕嚼着槟榔，让他跟，遛他。

两辆车一前一后，过了铁桥，大奔在帝王洗浴中心门前停下来。

罗阿尕下了车，对着警车的方向，吐出嘴里的槟榔渣，走进洗浴中心。

老张在警车里，沉默地看着。

池子里，罗阿尕在泡澡，老张也下了水，走到罗阿尕对面，看着他。

罗阿尕趴着搓澡，一翻身，看到老张。

两个人都被搓得血红，发烫。他俩就这么沉默地对望着，小弟们围着白浴巾坐成一个圈，盯着老张看。

突然有了观众，两个搓澡师傅争相表现，兢兢业业，使了浑身的劲儿，搓得罗阿尕和老张身子都一耸一耸。

警车跟着大奔开到了罗阿尕的别墅门口。

别墅占地大，用料糙，处处显出暴发户的气质。

罗阿尕下了车，走到警车前，敲窗，车玻璃摇下来，罗阿尕向老张敬礼，笑着说话，人民警察保护我一天了，累得慌吧？上家里宽展宽展？

老张没说话，把玻璃慢慢摇上来，发动警车，开走了。

罗阿尕看着警车扬起的尘土，脸色阴沉。

老张回家，停车，上楼，脚下打滑，老张一看，地上、门上，被泼了大片的红油漆，门上写了个拙劣的"死"字。

邻居们探头探脑往外看，谁也不敢做声。

老张进屋，拿出水桶和抹布，默不作声地清理，邻居们把头缩回去。

老张拎着两袋垃圾下楼，望见放垃圾桶的巷子里有三个黑影，老张没停，拎着垃圾继续往前走。走到近前，三个黑影挡住他，老张晃了晃手里的垃圾，黑影让开，老张把垃圾扔进垃圾桶，转过身站定，看着三个黑影，三个黑影看着他，亮出手里的三棱刀。

路灯把四个人的影子拉长，看起来相当狰狞。

影子掺在一起，扭来扭去，像几股打死结的绳子。

三个黑影倒在自己的影子里，其中两个抽搐，像被踩出绿水的虫子，另外一个一动也不动了。

老张把手里的三棱刀扔在地上，手掌上都是血。他从口袋里掏出根烟，点上，吸了两口，走过去踢了一个扭动的黑影一脚，说，打120，人还能活，说完就走出去，把影子留在身后。

老张开着警车经过一片草甸子，再往前走，地上的绿色就越来越少，黄色越来越多。老张把车停在路边，打开后备厢，扯出几根雷管，夹在胳肢窝里，迎着黄沙走。

脚底下到处是横七竖八的木头，山上长着一丛丛斑秃一样的灌木。老张把雷管放下，一丛一丛地扯开灌木，露出黑煤窑的入口。平日工人们怕下雨窑口塌了，就用十几根木头简陋地撑起来，地上的沙土都被煤灰染得黢黑，窑口矮，猫着腰才能进去。

这是口黑窑，不在册，没登记，是矿主自己偷偷开的窑口，防渗水、排污、排气，一概不管。矿工每天下去之前，都把遗书交给伙夫保管，要是窑塌了、炸了，人就地掩埋，不惊动上面，该赔钱赔钱，处理得轻车熟路。

这样一口黑窑，每天都能挖出几百吨煤，车在上面等着，卖的都是现钱。

老张把雷管插进去，拉燃引线，往外走。

爆炸声是闷响，像哑雷，先响一声，然后一声接着一声，像放炮仗，这是里面的气被点着了，老张脚底下能感觉到地在震。

车轮子扬起黄沙，老张去找下一个黑窑。

KTV包房里，罗阿尕搂着小姐唱着歌，小弟跑进来，凑到罗阿尕耳边说话。罗阿尕听不见，把话筒杵到小弟嘴上，小弟喊，几个暗窑被炸了。

罗阿尕脸上的笑容退去，抢起话筒砸在小弟嘴上，砸出一嘴血，包房里嗡鸣声不停，小弟捂着嘴，血从手指缝里渗出来，小姐缩在罗阿尕腋下，像被老鹰叼起来的小鸡。

山峁上，老张给老李点烟，烟照旧放在墓碑上。

碑前，香炉里有没烧尽的香，旁边一小堆纸灰还在冒着烟，老张弯下腰，翻了翻，里面有张烧掉一大半的照片，上面是半张脸，看样子是个年轻人。

老张盯着这张残像看。

老张从小卖部里出来，警车四个轮子都瘪了。

警车被吊起来，拖走。

老张走到楼下，一个人影在等他。

老张走近，年轻人光着头，两边脸上都有疤，疤痕像脸上多出来的两张嘴，尽管如此，还是有些清秀。

老张看着光头少年，光头少年开口说，罗阿尕知道你炸了窑，要找人弄你，你小心。

老张问，你是谁？

光头少年说，你在明，他在暗，你弄不过他。

老张问，你是谁？

光头少年说，我知道你要干什么，我劝你别干，你要干的事儿有人干。

老张看着光头少年，没说话。

光头少年袖着手走了。

等光头少年走远了，老张才把老李坟前残像上那半张脸和光头少年的脸拼在一起。

老张拉开老李的抽屉，找东西，却不知道要找什么。老张翻开一个档案袋，里面是陈年的卷宗，翻了翻，里面夹着一张照片，照片上是老李和一个年轻人的合影，两个人都笑着，年轻人有头发，脸上也没有疤，但老张认出来，他和光头少年是同一个人。

老张把照片翻过来，上面写了一行字：投陶报李。

老张再看两个人的合影，觉得耳根子发烫。

老李老婆打开门，老张背着一个工具包站在门口，老李老婆把老张迎进来。

老张看着屋子里横着一条死狗,眼睛睁着,红舌头伸出来。

老李老婆抹着眼泪说,他死了就死了吧,还留下一堆麻烦,屋里就我们娘儿俩,干脆就连我们一起杀了算了。

小区灌木丛里,小李拿铁锹一言不发地挖,老张在一旁看着。

等洞挖好了,老张把死狗装进麻袋扔进去,小李往上埋土。

踩平了,小李问,害他的是什么人?

老张说,坏人。

小李踩了踩脚底下,跟干这事儿的是同一个人?

老张点头,拿出烟开始抽,小李问,能给我一根吗?

老张递给小李一根,给他点了。

夜很深了,阴天,没月亮,没星星,只有两根烟随着一呼一吸,闪着微光。

客厅里,老张坐在沙发上,老李老婆抱来一床被子,跟老张说,委屈你了。

老张说没事,嫂子你睡吧。

老李老婆又给老张倒了一杯热水,这才回屋关上门。

老张站在窗前抽烟,窗户开着一道缝,外面只有过往车辆的轰鸣声。

半夜，玻璃被敲碎，老李老婆尖叫了一声。老张弹起来，去敲门。老李老婆打开门，脸上淌着泪，看着老张，身子软下去，老张扶了一把。

卧室里，有风灌进来，窗户上的玻璃碎了，床上都是玻璃碴。

老张凑到窗户前往下看，下面一个人影也没有。

小李睡眼惺忪地站在卧房门口，揉着眼睛，问怎么了。

小李回房间睡觉，老李老婆把玻璃碴清扫干净，老张用塑料袋把窗户封上，再三检查，不漏风。老张往外走，老李老婆拉住他。

老张呆住，老李老婆又拿眼神拉他，老张挣脱，往外走，老李老婆拦过去，后背贴在门上。老张往后退，老李老婆往前逼，拱在老张怀里。老张像被烫到，使了劲，把老李老婆推倒在床上。

老李老婆瘫坐在床上抹眼泪，老张有些尴尬，走也不是，不走也不是。

老李老婆抽泣起来，哭着骂，他就不是男人，他活着我守寡，他死了我还守寡，我怎么就这么冤?

老张呆立，想起光头少年的脸，耳根子又烫起来。

老张说了句，我守在外面，嫂子你睡觉吧。

老李老婆看着老张走出去，浑身的力气都泄了，身子垮了下来。

第二天一早，老李老婆起来，客厅里，被子叠得整整齐齐，老张已经不见了。

矿车把煤拉出来，工人把煤往卡车上装，个个都灰头土脸。

罗阿尕穿一身白西装，在一旁背靠着大奔摆了个茶台，喝着茶，看着工人装车，看着一车一车的煤运出去，兴致高昂。

身后，规规矩矩地站着四五个保镖，都穿得正经，在这个灰头土脸的煤窑前，显得格格不入，其中一个就是光头少年。

光头少年眼睛盯着罗阿尕的后脑勺看，表情木然，但眼神里藏着狠。

罗阿尕举起茶杯喝茶，警车开过来，扬起一阵沙子，沙子迷了罗阿尕的眼。

老张从警车上下来，走到罗阿尕面前，伸手说，采矿证，运输证，安全生产证。

罗阿尕没说话，挥挥手，小弟从身后的大奔里拿出一个档案袋，递出证件，老张接过来，一一看完。

罗阿尕堆笑，三证齐全，合理合法。

老张伸出手，你的身份证。

罗阿尕摇摇头，一脸无奈，从怀里掏钱包，拿出身份证给老张看，老张看着罗阿尕身后站着的四五个保镖，目光最终在光头少年脸上停下来，光头少年面无表情地看着他。老张说，你们几个，身份证拿出来。

老张一一检查，走到光头少年面前，拿着身份证上的照片和他比，陶乃咏。

陶乃咏点头,是我。

老张问,职业。

陶乃咏说,保镖。

老张问,保谁?

陶乃咏说,老板。

老张看了陶乃咏一眼,不再问了。

罗阿尕走过来,问老张,天干,喝杯茶吧?路也不好走,小心半路跌绊。

老张看了罗阿尕一眼,凑到他耳边,你还有十几口黑窑,我都知道在哪儿。

罗阿尕脸色变了。

老张伸出手,众目睽睽之下拍罗阿尕的脸,保镖们要迎上来,罗阿尕摆手,他们就扎在原地。

老张上了警车,车轮故意卷起黄沙,沙子溅到罗阿尕白西服上。

老楼没有电梯,楼道里贴满了小广告,堆放着废纸箱,有人把自行车锁在楼梯扶手上。

陶乃咏扛着一个沙袋上楼,听见身后有动静,回头,老张站在那里看着他。

陶乃咏没理他,转身继续上楼。

爬上顶楼，陶乃咏一只手扛着沙袋，另一只手开防盗门的门锁，老张在身后伸手要帮忙，陶乃咏把身子一闪，拉开门，进了屋，老张跟了进去。

陶乃咏把沙袋挂在屋子中央，戴上拳击手套，开始打沙袋。

老张环视四周，是个大一居，空空荡荡，没有像样的家具，床和厨房挨着，碗碟乱七八糟地堆着，被子也没叠，阳台上晾着湿漉漉的衣服。

陶乃咏哼哧哼哧地打沙袋，老张看了一会儿，说，你姿势不对，重心高了，腰要往下沉。

陶乃咏停了停，没说话，但是再打的时候好多了。

老张问，你认识我？

陶乃咏不停，打着沙袋说，认识。你是他的同事，也是他的朋友。

老张斟酌着词句，那你和老李……

陶乃咏一拳把沙袋打出去，沙袋又荡回来，碰到陶乃咏的拳头上。

陶乃咏说，我和他也是朋友。

老张看着陶乃咏打了一会儿沙袋，又说，我知道你要干什么，这事儿不用你干。

陶乃咏说，这事儿只能我干。

老张摇摇头，你还年轻，犯不上。

陶乃咏停下来,看着老张说,你是觉得我年轻,手不狠,没决心?

陶乃咏指指自己的光头,还有脸上的疤。

山岇上,老李坟前,陶乃咏坐在那里,一点一点地把头发剃掉,扔进火堆里。

剃完头,陶乃咏又拿出一把壁纸刀,在脸上动作极慢地划了两刀,白肉先翻出来,血才往下淌,顺着下巴,淌到脖颈子上。陶乃咏面无表情,一点都看不出疼。

陶乃咏说,头我自己剃的,疤我自己割的,我以前最怕丑,现在我什么都不怕。我的命是他给的,没有他,我活不到今天。

老张一时语塞,不知道该说什么,转身要走,陶乃咏叫住他。

陶乃咏从床底下翻出一个存折,递给老张,这是我和他这几年一起存的钱,你帮我给他老婆孩子吧。

老张犹豫。

陶乃咏说,我去给,他们不会要。

老张接过存折,点点头,往外走的时候,陶乃咏又在打沙袋,打得凶狠,老张停了停,但没有回头。

敲门声响,老李老婆开门,门口站着两个便衣,礼貌地对老李老婆点头,亮了亮证件,嫂子,张哥让我们来的,这段时间我们就住客厅。

老李老婆一阵失落，强撑着不让人看出来，只是说，给你们添麻烦了。

两个便衣说，李哥以前很照顾我们，这都是我们应该做的。

凌晨，罗阿尕从夜总会歪歪扭扭地出来，扶着树干吐，陶乃咏过来扶他，罗阿尕吐在他身上，陶乃咏没动，罗阿尕清醒了一点，指了指陶乃咏，你，去开车。

罗阿尕上了车，瘫在后座上。
陶乃咏专心开车，从后视镜里看罗阿尕，问，去哪儿？
罗阿尕说，你就往前开。
陶乃咏踩油门，罗阿尕说，你慢点，晃得我头晕得很。
陶乃咏放慢了车速。

车一直开出去，罗阿尕一直指挥，往左拐，往右，一直往前开。
车出了城，陶乃咏问，去看窑？
罗阿尕点点头。
陶乃咏看看车外，路灯都少了，他身上的肉绷起来，后视镜里，罗阿尕睡着了。
陶乃咏缓缓吸了口气，松了松脖子，说了句，我撒泡尿。
罗阿尕没有动静。

陶乃咏慢慢地把车停下来，车灯开着。他下车，走出去两步，解开裤子撒尿，让自己慢慢平静下来。

撒完尿，陶乃咏弯腰系鞋带，从小腿上掏出一把壁纸刀，握在手里。

陶乃咏走回去，拉开车门，身子探进去，罗阿尕仰着脖子，闭着眼睛，呼吸均匀，浑身酒气。陶乃咏亮出壁纸刀，往罗阿尕脖子上割。

"砰。"

陶乃咏耳朵里响了雷，他看到罗阿尕睁着眼睛，衣服口袋破了个洞，冒出了烟。

陶乃咏倒在地上，打了个滚，顾不上出血的伤口，爬起来就往草甸子里跑。

几辆车猛地停下来，车灯都亮着，照进草甸子。

车上十几个人跳下来，拿着钢管、砍刀、气枪，往草甸子里冲。

罗阿尕蹒跚着往前走，醉醺醺地喊，球毛蚬子，想弄老子，嫩得很。老子早查清你的底细了，你跟姓李的缠得很，还以为我不知道哩？

陶乃咏跌跌撞撞地往前跑，倒下去，又爬起来，身上的劲往外泄，看不清路，脚下一崴，整个人滚在草甸子里，站不起来了。

再醒过来的时候，陶乃咏双手被绑着，绳子一头拴在保险杠上。罗阿尕踩着他的胸口，跟他说，老子从这里往前开，开到油干了，你要还活着呢，我就放了你个豆豆虫。

车往前开，陶乃咏被拖着，血痕与车辙并行，身后好几辆车跟着，小弟们头钻出来，吆喝，看热闹。

黄土地上，夜色笼罩，除了车灯，没有一丝星光。

陶乃咏能看见天，意识慢慢散了。他想起那天，从傍晚开始，老李开车带着他，漫无目地地往前开。车灯轻而易举地把夜色扯开，天上有月亮，也有星星，一点也不吝啬。车停在背风的地方，两个人躺在车顶辨认星座。老李指着一个位置说，那就是猎户座嘛。

此前从来没有人教过他哪个是猎户座，他为自己学到新知识而高兴。老李说，你只要知道了猎户座的位置，就不会把路迷了。

可惜现在天空上夜色深沉，一点微光都没有，他永远找不到猎户座了。

"砰、砰、砰"，三声枪响，火光转瞬而逝，就像三颗流星划过。

罗阿尕的车爆了胎，控制不住方向，翻了车。

陶乃咏看过去，警车横过来，猛停下，老张从警车上下来，走过来割断绳子，拉起他一条胳膊，往警车上拖。

他被老张拉着，使劲张嘴，话里带血，他们有枪。

老张没言语，拖着陶乃咏要上警车，身后气枪响了，打在老张腿上，老张举枪还击。又一声枪响，打在老张胳膊上，陶乃咏看过去，开枪的是罗阿尕。

老张把陶乃咏拖到警车后面，对着罗阿尕的方向放了一枪，然后从车里扯出一件黑夹克，包在陶乃咏身上，让他按着，把血止住。

气枪的钢珠打在警车车身上，一打一大片。

罗阿尕趴在地上，一条腿还卡在翻倒的车里，举着枪瞄准。

借着车灯，陶乃咏看老张矮着身子，握着枪，一裤管血，老张看着他，跟他说，夹克是老李的，你穿好。

陶乃咏还没有反应过来，老张身子就滚出去，对着罗阿尕打枪，罗阿尕还击。另一边，气枪的钢珠扫在警车上，爆豆子般，噼里啪啦作响，陶乃咏染血的脸在枪响的闪光里明明灭灭。

老张打光了枪里的子弹，罗阿尕的脸被打烂了，手里还握着枪，小弟们的气枪枪管也空了，躲在车后面，没有人出声。

老张侧过脸看了一眼陶乃咏，拿枪的手垂下来，一动不动了。

小弟们有人喊,老板死了。一阵骚乱,气枪和钢管扔了一地,跳上车,都跑了。

陶乃咏裹紧黑夹克,睁不开眼睛。

院里,警察们对着镶满了钢珠的警车,敬了礼。

山峁上,烈士们的墓都靠在一起,老张和老李隔着不远。

陶乃咏穿着黑夹克,吊着胳膊,一瘸一拐地走到老张墓前,给他点上一根烟,看着风吹着烟头一闪一闪地冒着微火。

老李墓前,老李老婆和小李给老李烧纸,烧了厚厚一沓,纸灰飞扬。

他们看见了陶乃咏,陶乃咏也看见了他们,三个人就隔着坟对望着,谁也没有说话,天地间,只有风声呼啸。

白脸将杀

厂里给林美翠和郑先进分了一套房，
不大，但挺温馨，婚礼也办得朴素。
北钢厂的新机器轰鸣，有条不紊地运转，
整个城市都在脱胎换骨，土生土长的一切渴望都跟着变化。
郑先进说，这就叫改革开放。

胡国富和刚刚变成前妻的张艳从民政局走出来，以为前妻会跟他再说点什么，但是前妻一言不发，连看也没看他一眼，径直走到一辆奔驰边上。奔驰里坐着什么人，胡国富看不清，他嘴里叼着烟卷儿，站在那儿看。前妻刚拉开车门，胡国富就喊，恭喜你啊，张艳，你攀上高枝儿了，以后屁股坐在大奔的皮椅子上，金贵了。

　　张艳回头看了他一眼，好像想到了什么，把手指上的戒指撸下来，朝着胡国富扔过去。戒指掉在胡国富脚跟，蹦了两蹦，不知道蹦到哪里去了。胡国富低头的空当，奔驰已经绝尘而去，留下一串尾气。

　　胡国富蹲下来四处找戒指，戒指不知怎么就滚落在一摊浓痰里，胡国富看着戒指，捡也不是，不捡也不是。

　　胡国富刚回到局里，就看见赵刚被一对老夫妻拉着，说是楼上扰民，天天在家里蹦蹦跳跳，震得整栋楼就跟反复地震似的，吵得老夫妻白天站不稳，晚上睡不着，让警察同志一定管管。

赵刚向胡国富投来求助的目光，胡国富耸耸肩，苦笑一声，躲开了。

回到座位上，胡国富有点百无聊赖，在角落里找到了半瓶消毒水，也不知道过没过期，拿起来喷自己的戒指。

旁边的老刘给他端来一杯茶，问他，办好了？

胡国富点点头，钱也没要，房子也不分，只要离婚。闹了小一年了，我也累了，离了消停。

老刘说，就是就是，再找一个吧。

胡国富苦笑，找个屁，一个人过也挺好。

老刘笑笑，不知道该说啥了。

胡国富说，我现在就想有个大案子，让我练练脑子，我怎么觉着我这脑子越来越不好使了，生锈了，东西放下就找不着。都是整天办这些鸡毛蒜皮的案子闹的。

老刘说，问题是大案子也轮不到我们啊。

胡国富喝茶，烫着了嘴，也不说话了。

眼看着外面要下雨，胡国富看看墙上的挂钟，还没到下班的点，就低头自己跟自己下棋，他喜欢下棋，下棋可以让他脑子休息。刚下了个炮二平五，局里进来个大妈，不等人招呼，就自己开口道，我找胡国富。

胡国富站起来，说，我就是。

大妈打量着，问他，听说这里你查案子最厉害？

胡国富有点尴尬，就问，大婶你有什么事情？

大妈说，我报案。

胡国富一惊。

大妈说，我姓林，这是我的身份证。

胡国富接过大妈递过来的身份证，看名字，林美翠，1957年生人。

林美翠接着说，我检举，我丈夫郑先进，二十五年前，杀了人。

周围安静下来，人都看向了林美翠。

是有这么个案子。

老魏正在喝一缸子浓茶，茶缸子已经清洗不出来，布满了茶垢和年月。

胡国富递上一根烟，给老魏点着了，老魏四下张望，要看看有没有护工。

这个点，养老院里的老头老太太都出来放风，每个人都想办法拾起自己年轻时候的不良嗜好，用以打发虽然已经为数不多但偏偏又度日如年的日子。

确定安全之后，老魏猛吸一口，表情享受，念叨着，是这个味儿。

胡国富把一盒烟塞进老魏口袋里，老魏也没拒绝，笑纳了。

胡国富趁机问，魏队，当年这个案子是你经手的吧？

老魏点点头，这个案子当时上面很重视。死的这个人叫什么来着？四个字的。

胡国富递上话，寺岛雅一。

老魏似乎回忆起来了，对对对，寺岛什么。因为涉及了外宾，又是来援助建设的，上面要求必须破案，下了死命令的。

胡国富愣了，案子破了？

老魏说，对啊，八几年，赶上严打，犯了罪的一个也跑不了。

胡国富愣住了，眉头拧起来，不说话。

老魏似乎这才想起什么，看着他，这都多少年了，你怎么突然想起来这个案子？

林美翠戴上老花镜，拿出一个皮面的本子，皮面上还写着一个"奖"字。

翻开本子，林美翠拿出一张照片，是一张合影。合影是在车间里拍的，二十来岁的林美翠双手举着零件，站在寺岛雅一旁边，脸上带着那个年代特有的朝气蓬勃的笑容。

胡国富好像已经听见了锣鼓声。

1980年，林美翠二十三岁。她是北钢的一名技术员，此刻正在和厂里的同事们列队，紧张又期待地等着日本援建北钢的技术人员。

时值中国改革开放刚刚起步，小平同志访日后，中日经贸、技术合作交流日趋活跃。北钢厂产能落后，良品率低，厂里也请了日本的一名工程师前来帮忙提高产品质量。

小公共汽车刚开进来，厂长就招呼早已经准备好的舞狮队操练起来，从车上下来的日本技术人员一时间有些不知所措，不停地向正在给他鼓掌的工人们鞠躬。

林美翠看到了寺岛雅一，他穿一套颜色朴素的西装，看起来相当清瘦，跟林美翠想象中的大为不同。

林美翠看到他跟每个人握手，都会深深地鞠一个躬，比别人鞠得都深，就跟身边的春霞说，他怎么就那么有礼貌啊。

厂长带着大家伙儿在食堂里给日本友人接风，面对满桌的菜，寺岛雅一说了一句，i ta da ki ma si。

大家伙儿面面相觑，翻译解释说，日本人吃饭之前都要说一句，我开动了，表示对食物的尊重。

厂长大笑，就跟我们说"民以食为天"一个道理。

林美翠看着寺岛雅一吃东西，吃得细致，每一口都要嚼很久，吃的时候也不停地擦嘴，生怕嘴角沾着东西，跟工人们狼吞虎咽的吃法完全不同。林美翠看着觉得好玩，寺岛雅一看到了林美翠在看自己，咽下嘴里的食物，又对她点头致意，林美翠害羞起来，低下头。

为了表示尊重，厂长把自己的平房宿舍让出来给寺岛雅一住，林美翠主动提出帮他拉箱子。

不等寺岛雅一拒绝，林美翠拉着箱子就疾步往前走，走出去好远才回过头看，这一看就笑出声来，寺岛雅一落后好远，正气喘吁吁地追赶她。

林美翠把箱子拉到屋里，寺岛雅一似乎想要招待一下，却又不知道拿什么招待，原地转了一圈，终于看见了凳子，拉过来，请林美翠坐。

林美翠说，不坐了，你也累了，早点休息吧。

寺岛雅一送她到门口，深深地鞠了一躬。

林美翠走出去很远，回头看，寺岛雅一还站在门口，目送她，林美翠觉得有趣，脚步轻快起来。

第二天，正式开工，寺岛雅一提出，想先看看中方的工作流程。

厂长让大家伙儿开工，车间里，工人们照旧开工。

寺岛雅一站在机床前看着看着，眉头就锁了起来。

他走到负责压模的郑先进面前，摆摆手，示意郑先进停下，然后叽里咕噜说了一大堆话，郑先进听不懂。

翻译说，寺岛先生的意思是，压模的工序不对，模具不好，良品率就低，请你分别压十次和十五次试试。

郑先进板着脸摇头，说，从来都是二十次。

寺岛雅一听翻译说完，眉头皱得更厉害，坚持要让郑先进尝试，郑先进不反驳，也不说话，更不动手。

工友们也停下手里的活，看过来。

场面一时间僵住了，寺岛雅一脸涨得通红，不停地要求郑先进尝试。

郑先进索性把手里的工具扔在地上，一屁股坐在地上。

寺岛正在为难，林美翠冲过来，逼近郑先进，说，郑工，让你试你就试试，你怎么还撂挑子了？我们落后才需要人家的帮助。你不改，咱不一直落后吗？

其他工友听林美翠说得有道理，都附和，就是就是，林工说得是。

郑先进听大家伙都这么讲，这才没办法，开始压模。

寺岛雅一很满意，向他鞠躬之后，又向林美翠鞠躬，林美翠受宠若惊，也向寺岛雅一鞠躬，两个人头碰在一起，碰得挺厉害，抬起头，看着对方都笑了，工友们也跟着笑。

郑先进的脸色很不好看。

工友们在食堂吃饭闲聊：日本人懂什么？能比我们这些熟练工懂得多？是不是啊郑工，咱都干了多少年了？日本人来了，就搞试验，这都搞了多少天了？一点产量都没有。汽车厂、自行车厂，都等着咱厂的钢呢。

郑先进埋头扒饭，不说话。

工友说，要我说，咱哥几个就联合起来拧成一股绳，让日本人知道知道厉害。他们又不是咱领导，咱来个抗日救厂，咱不靠日本人，自力更生嘛。

其他工友附和，就是就是。

就是个屁！

工友们抬起头，看到林美翠端着饭盒站在他们面前，气势汹汹，请日本援助是中央的号召，这是政策，你们敢怀疑政策？

工友们都闭了嘴。

林美翠说，你们有意见就跟厂长反映去，私底下不配合算什么本事？

工友们脸色不好看，说，林工，你是女同志，嘴怎么这么利？小心祸从口出。

你怎么总替日本人说话？你是不是想嫁到资本主义国家去？

林美翠急了，你少给我乱扣帽子，报纸上都号召向日本学习了，你们几个还在这里冥顽不化，没事儿少嚼舌根子，多看看报纸，学学文化！

工友们被噎了回去，林美翠转身大步走了。

工友们叹气，还是外来的和尚会念经。你看把林工迷的。

林工这么维护那个日本人，是不是喜欢人家？中国人能这么忘本吗？忘了小日本杀了咱多少人了？

郑先进把饭盒里的饭都扒干净，站起来也走了。

林美翠拿着饭盒进了车间，工人们吃完饭都去午休了，车间里就寺岛雅一自己，拿着个小本本，来来回回地在机器中间走。寺岛雅一走走停停，在小本本上写写画画，神情专注，林美翠走过去，他都没发现，直到林美翠拍他肩膀，他才转过头，看到林美翠，鞠躬。

林美翠把饭盒递给他，你怎么不去食堂吃饭？

寺岛雅一看着她，眼神迷惑。

林美翠做了个扒饭的手势，寺岛雅一反应过来，抬手看表，尴尬地笑，意思是忘了时间了。

林美翠说，我打了饭，一起吃。

说完，递给寺岛一双筷子，寺岛雅一接过来，又要鞠躬。

林美翠说，你天天这么鞠躬，腰不疼吗？

知道寺岛雅一听不懂，说完自己先笑了。

两个人在一堆废料前吃中饭，林美翠看着寺岛雅一吃得专注而认真，看着看着就忘了把眼睛移开。

寺岛雅一觉得好吃，竖起拇指，林美翠说，那当然，这是食堂给日本友人开的小灶，我说给你打的，打饭师傅才肯给我。

话音未落，就听车间里一声响，林美翠站起来，看到郑先进拿着锤砸钢钎子清理铁渣，锤子砸在钢钎子上，又准又狠。

林美翠喊，郑工，你不午休啊？

郑先进不说话，狠命砸钢钎子。

林美翠对寺岛雅一耸耸肩，说，郑工脾气不好，但人不坏，熟悉了他就配合你了。

也不知道寺岛雅一听懂没听懂，他还是礼貌地点了点头。

林美翠收拾好饭盒，那我先走了，时间还早，你可以回宿舍睡一会儿。睡，呼呼呼。

寺岛雅一看着林美翠做睡觉的手势，笑了。

林美翠往外走，经过郑先进身边，郑先进砸得正起劲，汗从脖子上往下流，林美翠看了他一眼，大步走了。

寺岛雅一似乎完全听不见声响，他又开始专注地在机器和机器之间走来走去。

车间里，只剩下锤砸在钢钎上的响声。

老郑和一帮老头在下象棋，跟老郑对弈的老赵都出了汗，老郑云淡风轻，喝水，把喝进嘴里的枸杞嚼碎。

旁边观棋的，知道这一步老赵一时半会儿走不了，就跟老郑搭话，老郑要当姥爷了？

老郑伸了个懒腰说，就等着抱外孙子了。

老赵终于想好了棋路，刚要把手里的棋子放下去，一辆警车开过来，停下。

老头们看过去，警车上下来两个警察，走过来问谁是郑先进。

老郑举举手，我是。

警察说，有个案子要请你协助调查。

老头们都没反应过来，看老郑，老郑把保温杯的盖子拧紧，站起来，跟警察上了警车。

警车绝尘而去，老赵手里的棋子这才放下来。

胡国富把一张照片放在郑先进面前，问他，这个人，你认识吧？

郑先进看着照片，上面是一个站在北钢厂大门口的男人，底下有一行斑驳的日文。

郑先进说，认识。

胡国富问，听说你当年跟他关系不好？

郑先进看了一眼胡国富，表情没什么变化，说，谈不上好，也谈不上不好，就是普通。我不喜欢日本人，到现在也不喜欢。

胡国富沉默了一会儿，告诉他，你老婆林美翠，举报你杀了寺岛雅一。

跟胡国富预料中的不同，郑先进并不显得吃惊，脸上反而还有点笑意，没接胡国富的话，问他，这里能抽烟吗？

胡国富递了一根烟给他，点上，等郑先进抽了几口之后，想接着问，郑先进自己说话了。

我老婆不是第一次举报我了，当年她就举报过我。

胡国富不意外，我看过卷宗，当年你也是寺岛雅一被杀案的嫌疑人之一。

郑先进叹了口气，她一直不信我，当年不信我，现在二十多年过去了，她还是不信我。

胡国富说，既然当年你有不在场证据，为什么隔了二十五年，她还要举报你？

郑先进苦笑，她心里有那个日本人。这事儿，整个北钢厂没有不知道的。

寺岛是个好人，这跟他的国籍没关系。日本人有坏人，也有好人。中国人也一样。他是真心来帮我们的，我不能让他死得不明不白。林美翠说得很平静，但胡国富觉得眼前这个上了年纪的女人，眼睛里有慑人的光。

胡国富问，你怀疑当年认罪的不是凶手？

林美翠点头，凶手就是郑先进。

胡国富问，你怎么就能这么肯定？

林美翠叹了口气，他是恨我和寺岛走得近。

林美翠走进车间，发现工人们都聚堆说话，没有人干活。林美翠问春霞，今天怎么停工了？

春霞说，寺岛先生没上工，不知道是不是睡过头了。

林美翠转身就往外走。

春霞问,你去哪儿啊?

林美翠说,我去看看。

敲门没人开,林美翠把门撞开,冲进去,寺岛雅一蜷缩在床上,脸色惨白,上面汗珠滚滚,林美翠一摸,额头滚烫。

林美翠吃力地背着寺岛雅一往外走,春霞也赶过来,见状,跟着林美翠一路往外跑。

日方工作人员和工友们也迎上来,郑先进把工具一扔,大步跑过来,也不说话,从林美翠身上接过寺岛雅一,往卫生所跑。

林美翠在后面跟着。

寺岛雅一醒过来,身上输着液,看到林美翠在旁边坐着。

林美翠看寺岛雅一醒过来,松了一口气,厂长刚才来看你了,你在睡觉,就没叫你。大夫说,你,急性肠胃炎。肚子,肠子,这里,发炎。

寺岛雅一一个劲地点头,挤出来两个字,谢谢。

林美翠熬了粥,用饭盒端着,怕凉了,小跑着往卫生所去。推开病房的门,见寺岛雅一要起床,就急着往里走,结果被绊了一下,摔在地上,饭盒里的小米粥洒出来,烫着了林美翠的胳膊。

寺岛雅一几乎是扯开自己身上的输液针,跑过来扶她,林美翠的胳膊红肿起来,看着打翻在地的小米粥,也顾不上疼,"哇"的一声哭出来。她这一哭,把寺岛雅一哭愣了。林美翠大哭着说,我熬了一个早上呢。

寺岛雅一看着林美翠红肿的胳膊,鼻子一酸。

林美翠坐在床边,寺岛雅一给她涂药膏,林美翠脸上还挂着泪,看着寺岛雅一认真的样子,又不觉得疼了。

林美翠在院里杀鸡,拿着刀,和鸡面面相觑。

林美翠挣扎着在鸡脖子上抹了一刀,没抓住,鸡扑棱着飞起来,血洒得到处都是,林美翠拎着刀追鸡。

宿舍里,寺岛雅一喝着鸡汤,注意到林美翠手上包着纱布,指了指。

林美翠有点尴尬,指了指寺岛雅一手里的鸡汤,两个人心领神会,都笑了起来。

寺岛雅一喜欢中国的文化,礼拜天,他请林美翠带着他逛市里的文玩市场。

寺岛看中了一副象棋,蹲下来把玩,爱不释手。

摆摊的贩子,拿眼瞄寺岛,也不管他听得懂听不懂,唾沫横飞地解释:这副象棋有些来历,是我父亲传下来的。你看这材料,看出门道来没有?没有没关系,你听我给你说分明。这副象棋奇在哪儿呢?奇就奇在它的材料上,这是拿人骨头磨的。当初闹饥荒的时候,人死得到处都是,我父亲虽然吃不上饭,但就爱下个棋,下棋就能不饿,说是棋可通神。为了下棋,我父亲在死人堆里捡骨头,磨出这么一副象棋来。

后来就赶上"破四旧",要不是我父亲把这副象棋用油纸包了埋在咸菜缸里,也留不到现在——

林美翠知道这人在胡诌,她看着寺岛把玩得爱不释手,担心他被宰了,就问贩子,这副象棋多少钱?

贩子伸出五个指头。

林美翠问,五十?

贩子瞪了林美翠一眼,五百!

寺岛多少能听懂一些,他解口袋就要掏钱,林美翠连忙拦住,对贩子说,你疯了吧?五百块钱,你怎么不去抢?

贩子苦笑,这是孤品,天底下独一份的。

不等寺岛说话,林美翠拉起寺岛就走,跟他说,他把你当冤大头了,走走走。

眼看着他们要走,贩子赶紧站起来招呼,那你说,给多少钱?

林美翠也伸出五个指头,贩子面露难色。

回厂子的路上,寺岛雅一对林美翠竖大拇指,林美翠笑了,你买东西可以,但你要学会砍价。

寺岛一副恍然大悟的样子。

两个人回到厂区，去食堂打饭，撞到了郑先进，郑先进脸色不好看，看着林美翠，说，林工，我跟你说几句话。

林美翠一愣，你说呗。

郑先进脸色更难看了，看着寺岛雅一，眼神里刀枪剑戟的。

寺岛雅一会意，对林美翠笑笑，自己拿着饭盒走到一旁去了。

林美翠看着郑先进，有点不耐烦，你要跟我说什么？

郑先进说，你不觉得你跟这个小日本走得太近了吗？厂子里都在传闲话。

林美翠满不在乎，传什么闲话？

郑先进脸色通红，我说不出口。

林美翠冷笑，让他们传去，我身正不怕影子斜。

林美翠绕开郑先进要走，郑先进急了，拉住林美翠，问，林工，你是不是喜欢这个小日本？

林美翠盯着郑先进拉着自己胳膊的手，郑先进赶紧松开。林美翠说，我喜欢谁是我的事，用不着你管。还有，人家是日本的工程师，是来帮我们的，你别一口一个小日本小日本的。中日友好的精神，我看你还是没领会，回去好好学学，武装武装你的头脑。

林美翠说完，走了。

郑先进看着林美翠走向寺岛雅一，觉得饭盒里冒着热气的菜也不香了。

我当年喜欢我老婆这事儿，厂子里就没有不知道的。突然来了个日本人，跟她走得这么近，我有情绪很正常。但我是受过教育的，工人阶级栽培了我，我不可能因为有情绪就去杀人。

郑先进说话很慢，每一个字都说得清清楚楚。

对于寺岛的工作方法，我一开始很排斥，但后来我发现确实有效果，从那以后，我就没有跟寺岛冲突过。你们可以向我的工友求证。

春霞头发花白，对于自己突然被叫过来感到有些意外。

当年她就一口咬定是郑工杀了寺岛，工友们都不相信，但郑工为了自证清白，还是配合警察取证调查了。因为美翠的举报，厂里连续三年的"先进个人"都没给郑工，往年，他每年都能拿个先进。

春霞叹气，寺岛的死对美翠打击很大，她一直觉得自己对寺岛的死负有责任。她跟我说过，要是当年她不跟寺岛走得那么近，寺岛就不会死。

我劝过她，但她有点魔怔了。

经过寺岛雅一和日本团队的努力，北钢厂第四季度产量翻了一番，得到了市里的嘉奖。厂长握着寺岛雅一的手，激动得说不出话来，工友们也都服了气。

全国各地都来北钢参观，学习经验，寺岛雅一每天都会拿出时间来接待参观者，带着翻译不厌其烦地回答他们的问题，以至于到后来嗓子都哑了。

吃完晚饭，林美翠和寺岛雅一在厂区里溜达。

林美翠问，你为什么愿意无私地帮助我们？

寺岛雅一说，同样是制造物品的工匠，我希望把我的经验传递给和我一样的人。

尽管两个人语言不通，但奇怪的是，他们还是理解了对方的意思。

林美翠又问，你的家乡什么样啊？就是家，你出生的地方。

寺岛雅一说了一堆话，这才想起来，林美翠听不懂，就拿出口袋里的小本本，画给林美翠看，林美翠凑近，看着寺岛雅一在纸上画了一个群山环抱的地方，用汉字写下地名：津和野。

两个人头发梢相接，影子叠在了一起。

一抬头，已经到了寺岛雅一的宿舍，林美翠打着手势，你先进去吧。

寺岛雅一看看夜有点晚，就摇摇头，坚持要把林美翠送回去。

两个人来来回回，送来送去，也不知道时间过去了多久，眼看着就要熄灯了。

林美翠止住寺岛雅一的步子，我们就在这儿告别吧，中点，你从这儿，回去，近。我回去，也近。

林美翠走出两步又走回来，我，看到了你的资料，后天，礼拜天，你的生日。生日怎么比画？就是，出生那天，你哇哇哇哭那一天。

寺岛雅一心领神会，点点头，生日。

林美翠说，礼拜天晚上，我个人，我个人代表北钢，给你过生日。

寺岛雅一点头致意，a ri ga to u go za yi ma su（谢谢）。

林美翠走出去，回过头跟寺岛雅一挥手，寺岛雅一照旧目送她，一直到她回头看不见寺岛雅一。

礼拜天，林美翠下了一碗长寿面，卧上两个鸡蛋，里面还藏着肉丝。她对自己这碗面很是满意，用一个碗把面条扣起来，大步往寺岛雅一的宿舍走，这一次她走得很稳，提醒自己不要再摔跟头了。

寺岛雅一穿上了他随身带的另外一套新西装，原本他要等到北钢援助结束、回国的时候穿。可是现在，他等不及，他需要穿着这套衣服，怀揣着"把这个日子永远留在记忆里"的念头，等着林美翠的到来。

门外有脚步声，寺岛雅一有些紧张，理了理头发，才动作温柔地打开门——

林美翠捧着热气腾腾的长寿面，站在那里，两只碗掉在地上，发出脆响，面条和鸡蛋都洒了出来。

宿舍里一团乱，每个抽屉都被翻出来，寺岛雅一趴在地上，看不见脸，象棋棋子散落一地，血从他后脑渗出来，浓稠而热烈。

林美翠扑过去，把寺岛雅一翻过来，让他枕在自己腿上，血还是热的，从头顶经过脖颈，把寺岛雅一雪白的衬衣染红。林美翠徒劳地按住他的头顶，想要为他止血，可是血还是从她手指缝里往外溢。

林美翠隔着衣服感觉到温热，血接触到了她的皮肤，空气中还有长寿面的味道。她发疯地叫，喊，哭，可是没有人回应他。

你跟寺岛雅一除了工作上的必要交流，有没有其他的关系？

林美翠摇头。

你不要摇头，你要说，有或者没有。

林美翠说，没有。

你最后一次见他是什么时候？

林美翠说，礼拜五晚上。

你当天晚上和寺岛约好了见面？

林美翠点点头说，我从他的档案上，看到他的生日，想代表北钢给他过个生日。

你们约好见面这件事有其他人知道吗？

林美翠说，没有。

寺岛雅一在北钢和什么人有矛盾吗？

林美翠愣了愣,他是一个很有礼貌的人,没有跟别人发生冲突,除了……

除了什么?

林美翠说,一开始他引进新的工作方法,工人们不大接受,有情绪。后来产量上来了,应该没什么矛盾了。

你现在可以走了,但不要离开北钢,我们会随时传唤你。

林美翠站起来,寺岛先生是怎么死的?你们有怀疑对象了吗?

这不是你该问的问题。

林美翠从公安局走出来,太阳太大了,晃得她睁不开眼睛。她跌跌撞撞地往前走,不知道走了多久,只觉得脚底下发软,像踩在棉花上。

林美翠走进北钢厂,厂里停着七八辆警车,民警在给每一个工人登记,采集指纹。春霞迎过来,跟她说,听说省里和市里都来了人,中央也批示了,要求尽快破案,给日方一个交代。难道真是咱厂子里的人干的?

林美翠站不住,往下倒,春霞一把扶住她。

老魏舞弄着养老院里的健身器材,胡国富只能站在一边,看着他晃来晃去。老魏说现在老了,从省里退下来,就只能到这儿来等死。

胡国富讨好似的说，接着讲讲案子？

老魏拧着眉头，使劲想，跟胡国富说，到现在了，我一想这个案子，脑仁儿就疼，留下后遗症了。

魏队的警车一到，厂长赶紧来接，跟魏队握手。

魏队第一时间去了案发现场，寺岛雅一住的宿舍外面是工人上班的必经之路，脚印乱七八糟，无从查起。

尸检结果是头部遭到钝器袭击，当场毙命，但厂区里没有找到凶器。

寺岛的宿舍几乎被翻了个底朝天，值钱的东西都没了，但奇怪的是，现场除了寺岛雅一的指纹，没有提取出其他人的。

魏队很快有了第一个推测。

怀疑是入室盗窃，小偷遇到了寺岛，袭击了他。

厂长跟魏队反映，厂子里以前进来过一帮小偷，是当地的盲流，被保卫科的同志抓过，扭送到派出所，后来又放出来了，会不会是他们干的？

魏队让人开始排查市里的盲流，自己带着人在厂子里盘问每一个工人。

厂子里出了命案，搞得人心惶惶，工友们都不敢乱说话，生怕惹祸上身，厂里只有机器运转的声响，食堂里吃饭也没人说话，每个人走路都轻手轻脚的，厂子里气氛很压抑。

过了一个多礼拜了，还是一无所获，魏队到了晚上就睡不着觉，睡不着就听半导体，新闻里播报：1983年2月12日，王宗坊、王宗玮兄弟两个混入沈阳空军463医院，入室盗窃小卖部，被发现后杀人逃跑，公安干警正在全力追捕——

魏队不知怎么就有些恼火，按掉了收音机，大骂了一句，他娘的，现在的人都怎么了？

老魏眼神有点浊，叹了口气，也奇了怪了，该查的都查了，能用的招都使了，就是没线索。北钢厂那个姓林的女人，来公安局找过我好几次，问我有没有线索，她跟我说，她就怀疑郑先进，除了他，没别人。我跟她说，都排查过了，当天晚上，他在跟工人喝酒，就没出过屋。

她就是不信，跟我放狠话，说，你查不到证据，那就我来查！

郑先进像往常一样，按照寺岛雅一改革之后的流程压模，林美翠突然迎上去，问他，是不是你杀了寺岛？

工友们都停下手里的活儿看过来。

郑先进茫然地看着林美翠，摇摇头，警察找我问过话了，说我跟寺岛有过正面冲突，但案发那天晚上，我和小张小吴他们通宵喝酒，厂长后来也去了，他们可以给我证明，你不信可以问小张小吴，再不信可以问警察。

工友们议论，你怎么能怀疑自己人呢？你怎么不怀疑日本人呢？说不定是他们日本人干的。

林美翠审视着每一张脸，问，你们哪个杀了寺岛，敢不敢承认？

工友们都傻了眼。

厂长找林美翠谈话，厂里出了事，谁也不愿意。这是刑事案，有警察查，从中央到地方，都很重视，这是外交事件。你不要跟着添乱。有工人举报你说你破坏生产，我了解你的心情，我不追究，但你也要收敛。

林美翠看着厂长，寺岛先生这么帮我们，他死得不明不白，我们就不做点什么？

厂长拍着桌子，你这是怎么说话的？厂里积极配合调查，不添乱，就是最好的帮助。你不要以为我不着急，寺岛在我们厂里出了事，我这个厂长眼看着就会被撸掉。这是严重的外交事件，你要有一点政治觉悟，谨言慎行！

春霞劝林美翠，你啊你，小心说话，也不看看这是什么时候？现在日本友人也都被叫去调查了，有警察管，寺岛还能不明不白地死了？

林美翠说，要是我早一点去给他送长寿面就好了。

春霞说，可不敢这么想，你要是去早了，说不准连你也被害了。太吓人了，多大仇啊，照着人脑袋敲。你说，是不是厂子外的人干的，就那些恨日本人的？外面听说我们引进日本技术员，说我们是汉奸呢。

林美翠没说话。

案子一直没有进展，援建工作花费不小，从日本进口的新设备陆续到位，停不起，也等不起，日本方面派来了新的技术员替代寺岛，厂子里慢慢恢复了正常。

林美翠每个礼拜都去一趟公安局问案子的进展，魏队躲着她，接待她的人都很耐心地劝她再等等。

去的次数多了，大家也就见怪不怪，有时候忙起来，顾不上接待她，她就在那里等。

局里领导也接待过她，劝她，很多细节不能跟你说，涉密，你也不要问，工人同志就好好抓生产工作，各有各的岗位。

人都走了以后，魏队就一个人在局里听广播，灯也不开，广播里广播员字正腔圆：……王宗坊、王宗玮兄弟杀人后，爬火车逃避追捕，流窜至湖南、湖北、江苏等省，一路抢劫杀人，引起人们极大恐慌，现已经出动数万名警察，展开了抓捕……

1983年6月16日，内蒙古呼伦贝尔盟喜桂图旗杀人案，10名年轻人血洗红旗沟农场，一夜之间杀死26人，自相残杀死1人，自杀1人……

1983年9月18日，警察在江西广昌将"二王"击毙……

魏队一直在这里驻扎了一年多，排查工作越做越多，范围越来越广，市里的小混混、无业人员都查了个遍，一无所获。

后来省里下文件要人，魏队被调回去，临走的时候，还去了一趟北钢，在寺岛雅一宿舍门口坐了一天，抽了一地的烟。

林美翠下了班经常沿路尾随工友，有时候跟一天，有时候跟好几天，好多工友都被林美翠尾随过。

小张和小吴一口咬定，那天晚上的确是和郑工喝酒了，郑工没出过屋，他醉成那样，第二天中午怎么都叫不醒，后来是厂长亲自去宿舍骂的他。

林美翠骚扰工友，工友们终于受不了了，集体向厂里反映。

厂里领导都很担心，找林美翠谈了几次话，她还是不改。

厂长亲自出马，要给林美翠解决个人问题，再等下去就成老姑娘了。

林美翠每次都摇头，厂长就假托带林美翠见上海大厂的技术人员取取经，林美翠跟着厂长去了饭店，看到郑先进穿着一套崭新的衣服坐立不安地等在那里。

林美翠一下子明白了，转身就要走，厂长拉住她，来都来了，坐坐。

林美翠坐下来，郑先进给林美翠倒水，厂长说，林工和郑工都在厂里好些年，也都熟悉，个人问题你们也可以考虑考虑对方，不强求，组织上也是为了你们着想。你们聊，我先走。

厂长起身走了。

林美翠坐在那里，不说话。

郑先进说，林工，这么说吧，这些年，我心里一直就有你。我一直也不敢说，觉得配不上。厂长鼓励我，心里怎么想，就怎么说。我知道你心里还没我，但没关系，处处就有了，人都这样。

林美翠不吭声。

郑先进说，我能看出来，你心里有人，有那个日本人，可他和你没缘分。

林美翠突然抬起头，看着郑先进，眼睛有光闪过，问郑先进，我能去你家看看吗？

郑先进平时住单位宿舍，在市里有个老平房，就放假的时候回去住。

房子很老旧，但收拾得很干净，对一个独居的男人来说，有点过于干净。

林美翠说，郑工是板正的人。

郑先进说，我是个过日子的好手。

林美翠在郑先进屋子里，走走停停，四处看看。

郑先进就站在门口，不动，看着她，我知道你想找什么。

林美翠停住，我找什么？

郑先进说，你想找的东西，这里没有，也不可能有，我说过，我只是个过日子的人，不是个恶人。

林美翠说，郑工，你多想了，我没那个意思。

郑先进说，林工，你是个重情义的人，我没看错你。我羡慕他。要是我死了，我也希望有个人能把我放心里。

林美翠情绪低落下来，天不早了，我该回去了。

郑先进说，我送你。

沿路好多地方都被挖开了，铺排污的管道。日本援建的石化工厂也开工了，听说能从石油里提炼出材料来做衣裳、做塑料。

寺岛雅一的骨灰被带了回去，葬在了家乡。

林美翠想起寺岛雅一在纸上画的那个群山环抱的地方——津和野。

她只能反复数数这几个字的笔画。

等街上卖菜的都用起了塑料袋，人们也不只穿的确良和涤纶了，林美翠跟郑先进说，我就一个要求，每年寺岛的祭日，我一个人出门，你不能问我去哪儿，也不能跟着我。

郑先进沉默了一会儿，说可以。

厂里给林美翠和郑先进分了一套房，不大，但挺温馨，婚礼也办得朴素。

北钢厂的新机器轰鸣，有条不紊地运转，整个城市都在脱胎换骨，土生土长的一切渴望都跟着变化。

郑先进说，这就叫改革开放。

寺岛雅一的事情，渐渐没有人再提起，现在北钢是全国先进单位了，谁也不愿意提起不光彩的过去。

就连林美翠自己也不提了。

春霞生了一场病，林美翠去看她，她拉着林美翠的手说，你对自己好点，把过去的事都忘了吧。都是日子磨人，哪有人能磨过日子的？

林美翠没说话。

郑先进工作积极，年年被评为先进个人，不顺心的事儿就是一直没儿子。

林美翠的肚子一直没动静，郑先进找人开了中药，一服一服地让林美翠吃，吃得林美翠喘气都是药草味。

郑先进平时不多说话，就是喝多了之后，才会嘟囔几句，说没有儿子，人就没有奔头。

林美翠这时候也不说话，扶着郑先进，不让他跌倒，往床上拉他。

郑先进往床上倒，顺势就搂住了林美翠，压住她，说，给我生个儿子吧。

郑先进满身酒气就往林美翠怀里蹭，林美翠挣扎着推开他，他后脑勺磕在床头上，吃了疼，瞪着眼看着林美翠，吼她，结婚七八年了，你还嫌弃我？你心里想着那个日本鬼子，才怀不上我孩子的，对不对？

林美翠猛地坐起来，甩了郑先进一个耳光，郑先进抬手要打林美翠，林美翠不躲，扬起脸看着他。

郑先进把手放下来。

林美翠看着郑先进，跟他说，我流过两次产，你不知道吧？

郑先进大恸，看着林美翠，眼珠子都发着抖。

林美翠说，我不能怀你的孩子。我知道你干了什么。

郑先进的手终于抬起来，扇了林美翠一个巴掌，林美翠也不躲，定定地看着他，倒是把郑先进看怯了。

他好像身子一下子矮下来，泄了气，跟林美翠语重心长地说，我知道你不是真心嫁给我，你嫁给我是有目的的。但我明确告诉你，人不是我杀的。我原本以为，只要我对你好，这事儿你就能过去。就是块石头，我揣在胸口七八年，也该焐热了。你的心比石头硬。

郑先进这番话说完，林美翠也颓了下来，她坐在床上，很久都没有再说话。

老魏说，事情后来有了进展。北钢厂有个下岗工人，姓李，叫李长伟。李长伟对下岗不满意，说这是要他家里断子绝孙，于是就把家里祖上传下来的一把砌在墙里的朴刀磨亮了，冲进厂长办公室找厂长理论。厂长不在，厂长的秘书在，李长伟觉得朴刀已经磨了，今天必须见血，不见血就没人尊重他，没人拿他当回事，秘书吓得瘫在椅子上。李长伟把朴刀砍在了秘书的脖颈子上，砍断了大动脉，血滋到墙上又流下来，等李长伟的媳妇跑过来，李长伟的朴刀还卡在秘书脖颈子上，李长伟死活拔不出来，回头看到媳妇，招呼她，还不来帮忙？媳妇直接吓得晕死了过去。

审讯的时候，李长伟说，我早就想杀厂长了，厂长不是个东西，干了不少脏事儿，以为我不知道？可惜没杀成。我二十多就在厂子里干了，我的青春献给了厂子，现在厂子不要我了，这不能够！我知道，厂子里从上到下没人拿我当人，我今天就拿自己当回人。以为我干不了大事是不是？我告诉你们，我还杀过日本鬼子，就我们厂里那个点头哈腰的日本鬼子，就是我杀的。我是抗日英雄，你们谁敢判我？

当时我问他，你用什么杀的寺岛雅一？

李长伟说，我本来也要用这把祖传的朴刀，人血喂出来的刃，吹毛即断，砍人就跟砍西瓜一样。可我老婆看得严，我当时没办法从她眼皮子底下拿朴刀，就找了根钢管凑合，钢管也一样，想杀人用什么都一样。

我问，你为什么杀他？

李长伟说，他是日本鬼子，我一直想杀个日本鬼子。

我问，钢管呢？

李长伟想了想，钢管我随手扔炼钢炉里了。

胡国富有些愕然，老魏说，案子就这么结了。其实我心里也有疑惑，还想再查，但上面说，案子破了就是破了，要尽快给个交代。

老魏看着胡国富，问他，是不是林美翠又举报她男人了？她还是不信？

胡国富点点头。

李长伟认罪的第二年，林美翠生下了郑悦，郑先进高兴，喝得大醉。等郑悦百天，郑先进按照老家的风俗，用郑悦的脚印封了一坛酒，说是等女儿出嫁的时候再喝。

林美翠忙于照顾女儿，再也没提起过寺岛。

郑先进发现，到了寺岛祭日，林美翠也没有出门，而是留在家里给女儿缝衣服。

郑先进很得意，哼着小曲，跑去下棋了。

厂长因为贪污被判刑，听说从家里搜出一床垫的百元大钞，还养了两个情妇。

新的厂长很年轻，看着不像个领导干部，但做事雷厉风行，工人们都很紧张。

女儿郑悦一天天长大，郑先进和林美翠都慢慢苍老下去，好像两个人的能量一点点地都转移到了女儿郑悦身上。

2000年，北钢整体爆破，偌大的厂区被夷为平地。
林美翠想进去看看，门卫拦住她，说里面在施工。
林美翠说，我是老北钢的，来送送。
门卫想了想，就放林美翠进去了。

林美翠在断壁残垣间，走了一个来回、又一个来回，想起那天晚上，她和寺岛雅一互相送别到熄灯的美好时刻，似乎就发生在昨天。

郑悦挺着大肚子，对自己现在坐在公安局里似乎还没有反应过来，只能下意识地问什么答什么。
郑悦说，在我印象里，我爸妈就没红过脸，我结婚以后还经常跟丈夫吵架，但他们就是模范夫妻，甚至还有点——怎么说呢，有点客气。你们说的这个案子，我从来就没听我爸跟我妈提起过，一定是搞错了，一定是的。

我没搞错。我有证据。

林美翠戴上手套，从自己随身带的包里，拿出棋盘，又一枚一枚地把棋子摆上。

胡国富不明所以。

林美翠边摆棋子边说话，这副棋是我跟寺岛一起买的。贩子说是人骨头做的，我告诉他不可能，这是坑人呢。他喜欢中国象棋，闲下来就自己跟自己下。

林美翠摆完了棋，抬头看胡国富，问他，你懂棋？

胡国富点点头，懂点。

林美翠问，你看这盘棋少了点什么？

胡国富低头扫了一眼，发现了端倪，少了一个将！

林美翠从包里拿出个油纸包，慢慢打开，里面是一枚棋子——黑将。

胡国富不解，这能说明什么？

林美翠说，这枚棋子，是我在我们家床角木头立柱里找到的。

胡国富眼睛一亮。

郑先进看着这枚棋子，脸上没有表情，反倒是喃喃自语，车七进一，将四进一，车七平六，然后黑士五退四，红马七进八，砰，白脸将杀，我赢了！

胡国富心跳得厉害，问，你跟寺岛下过棋？

郑先进笑了，我一直在跟他下棋。当年我赢了，到现在也是我赢了。

胡国富问，是你杀了寺岛雅一？

郑先进说，我跟我喜欢的女人结了婚，有了女儿，现在又当姥爷了，我这辈子就干了这一件坏事，我也不想把这件事带进棺材里去，我本来是想临死前再告诉她。但我没想到，她提前找到了。这是命。我的命，她的命，那个日本人的命。

当天晚上，我先跟小张和小吴喝酒，他俩什么酒量，我最清楚。很快他俩就醉倒了，我在他俩酒里加了东西。

我穿着小张的鞋去找寺岛，他开了门，显然不是在等我，看到我，脸上表情变了。我知道他在等谁，我心里说，你等不着了。他倒是很客气。他说话，我听不懂。我说话，他也听不懂。我指了指棋盘，他就明白了。

我进去的时候，记着我走了哪几步路。

他很客气，我戴着手套跟他下棋，他不明白，我就打手势说我手受伤了。

他虽然喜欢下棋，但他下不过我，我赢了他，他跟我握手，我拿事先藏在腰里的钢钎子，往他脑袋上敲下去，敲了多少下我记不清了，他就一直看着我，直到脑袋瘪了下去，倒在地上，打翻了棋盘。

看到地上散落的棋子，我把黑将捡起来，装进口袋里，没有人会注意棋子少了一个。我赢了，这是我的战利品。

我把我进来时的脚印都擦了,把钢钎子扔进车间炉子里,回去以后,小张和小吴还在睡,我给自己又灌了几瓶酒,把自己灌醉了,我觉得事情办得挺漂亮……

郑先进戴上了手铐,往外走,林美翠和郑悦站在那里,看着他。

郑先进看林美翠,她很平静,脸上也没有大仇得报的快意,反而是瞬间苍老了下去。

反倒是女儿,见到郑先进再也绷不住了,她哭着跑过去拉郑先进,被警察拉开,她回头看林美翠,眼神里有愤恨,她喊,为什么啊妈,为什么啊!

林美翠看着自己的女儿号哭,不为所动。她怔怔地看着郑先进,郑先进只是对她笑笑,似乎也终于松了一口气。被警察押走的时候,他的脚步反倒轻松起来,嘴里还在念叨着,车七进一,将四进一,车七平六……

林美翠站在那里,女儿也哭累了,渐渐安静下来。

胡国富跟林美翠说,等案子定了,象棋我们会申请还给你。

林美翠点了点头,对胡国富说了声谢谢。

胡国富看着林美翠,想说点什么,但又不知道怎么开口。

林美翠看了出来,问他,你还有什么想问的?

胡国富说,你就没动摇过?

林美翠说,动摇过,小悦出生的时候动摇过,小悦嫁人的时候动摇过，小悦怀了孕，我也动摇过。我心里也盼着不是郑先进，是我自己想多了，魔怔了。郑先进对我不错，都一把年纪了，什么仇什么怨也就算了。

每年寺岛祭日，我都会去他宿舍门前坐会儿，说说话。

我最后一次去，是跟他道歉，我跟他说，我对不起你了，我查不出来了。我尽力了。我没力气了。你要是怪我，就怪我吧。

回去的路上，我淋了雨，头痛得厉害，到家就躺下了，床一直不晃，可那天晃。晃的是床头的一根立柱，我觉得立柱不对劲，就拿着手电筒，躺在床底下照。立柱里有个榫卯，掏出来，里面有个夹层，藏着这枚棋子。

他心黑，他就把这枚棋子藏在我们两个每天睡觉的地方，他这是还在跟寺岛宣战，他每天晚上都想赢一遍。我不能让他这样。

林美翠说得很平静，胡国富却听得惊心动魄。他想起自己结婚十年，最后换来个形同陌路的前妻，心里有一点仰慕林美翠对寺岛雅一的感情，甚至还有一点不太好的想法：如果换作他是寺岛雅一，遇上一个林美翠这样的女人，他愿意死。他觉得死得值。

这些话他当然不能跟任何人讲，他送林美翠出去，最后还是问她，你女儿……

林美翠说，我在这里等她。有一天她会理解我的。

胡国富点点头，把手放进口袋里，攥紧了那枚被前妻抛弃的戒指。

郑悦的孩子出生了，过了一百天，林美翠独自跟着旅行团上路，落地东京，又从东京坐了几个小时的汽车，终于到了这个名叫津和野的日本小镇。

跟寺岛雅一在纸上画的一样，这里群山环抱，还保留着江户时代的风情。

导游问林美翠，为什么来日本的第一站就是津和野？

林美翠仰望四周山峦，轻声说，我想看看他出生的地方。

此时山峦静谧，与世不争，只有歌声不知道从哪里传来。

林美翠听得入迷，问导游，歌词是什么意思？

导游说，这是一首日本古和歌，有时候会在葬礼上唱，翻译成汉语就是：

人生多恨事，思子倍伤心。
相见犹悲戚，何况不见人。

燃烧的山川

照相馆里,老路一脸不情愿,路蓉蓉不高兴了,说,爸,你就不能笑笑?
老路不耐烦,我不会笑,我就这样,爱照不照。
路蓉蓉急了,你再这样,周末我不回家给你做饭了。
老路这才勉强笑了笑,路蓉蓉赶紧站过去,闪光灯一闪。

沥青路上，一辆脏兮兮的小公共汽车，满面尘灰，驮满行李，从远处看上去，像只缓慢移动的老龟。

小公共汽车抛了锚，停下来。

沈超叫醒昏睡的老路。

老路睁开眼，探出头往外看。

有乘客问，车坏了？

司机掀开引擎盖，一阵热雾滚出来，喊，爆锅了。

老路把头收回来，跟沈超说，下车。

老路和沈超一人背着一个大登山包，下了车，往前走，把冒着热气的小公共汽车甩在后面。

烈日横空，太阳把沥青晒成液体，空气扭曲，人走在里面，背影也虚了。

兰州牛肉面馆，老路和沈超对着坐，吸溜吸溜吃面，汗顺着眼皮往下滴。

拉面师傅往板上甩面,声音清脆有节奏。

沈超付了钱,拿出一个大水壶,递给老板,说,给点凉水。

老板看了他一眼,接过水壶,递进身后的厨房里。

沈超跟着老路继续往前走,水壶在腰上晃来晃去。

两个人经过商场促销走秀的内衣模特、开业剪彩的包子铺、建筑工地上正在扒饭的工人。

热气让城市没了重量,像是悬浮在空中。

垃圾处理厂的垃圾山高矮不一,一群苍蝇就是一阵烟,遮天蔽日。

气味辣眼睛,沈超抬手捂鼻子,老路浑然不觉,扯开嗓子喊,你们哪个叫刘宝庆?

垃圾山上,弯腰埋头捡垃圾的,都抬头看着他们,身上脸上都太脏,乍看上去,分不出性别。

垃圾山上,一个戴帽子的,盯着老路和沈超看了一会儿,突然把手里的垃圾一扔,从垃圾山上滚下去,连滚带爬地往外跑。

老路和沈超追出去。

沈超喊,刘宝庆,你停下,我们是公安。

刘宝庆跑得更快了。

三个人在垃圾山中间追逐，刘宝庆左冲右突，跑得像只耗子。

老路渐渐气喘，猛挥手，让沈超先追。

沈超把背包扔下来，追出去。

刘宝庆踩到了矿泉水瓶子，猛摔了一跤，沈超追上来，刘宝庆顺手抄起半截钢筋，拦腰给了沈超一钢筋，沈超滚落在垃圾堆里。

刘宝庆站起来，还要动手，回头一看，老路拎着两个背包追了过来，匆匆给了沈超一脚，拔腿就跑。

老路冲过来，拉了沈超一把，没事吧？

沈超摇头。

老路骂，废物。

两个人就又追出去。

老路和沈超一左一右，把刘宝庆堵在压实的垃圾垒成的甬道里。

头顶着烈日，垃圾里不时发出什么东西晒裂的爆响。

三个人都弯着腰，只顾着喘粗气，谁也说不出话。

刘宝庆拿钢筋指他们，意思是别过来。

沈超还在喘，老路迎着刘宝庆走上去，刘宝庆抡钢筋，老路一把夺住，在刘宝庆小腿上踹了一脚，刘宝庆应声倒地。

沈超扑过来，刘宝庆绊了他一脚，沈超鼻子磕在地上。

老路很失望，拿膝盖压住刘宝庆的背，扭过他的胳膊，给他戴上铐子。

大太阳底下，沈超擦鼻血，老路捧着水壶猛灌水，喝完，又递给沈超，沈超咕嘟咕嘟地往嘴里灌。

刘宝庆跪在地上，舔自己干破皮的嘴唇，眼睛盯着水壶看。

老路从沈超手里接过水壶，走到刘宝庆面前，在他头上倒了一点，水顺着头发往下滴，刘宝庆伸出舌头猛舔。

老路亮出来一张照片给刘宝庆看，照片上是个妙龄少女，笑得一脸春风。

老路问，认识吧？

刘宝庆摇头。

老路猛抽了他一个耳刮子。

老路说，说话。

刘宝庆说，不认识，没见过。

老路左右开弓，抽得刘宝庆直甩头。

沈超在一旁看不下去，走过来，拦住老路，问刘宝庆，你在洛阳强奸妇女，跑回来的吧？

刘宝庆抬起头，看着沈超，眼神凶狠，吐出一口血唾沫。

沈超无奈。

老路蹲下来，在包里翻来翻去，翻出一把钳子。

刘宝庆愣住，沈超扭过头去，不敢看。

老路亮照片，人是你杀的吧？

刘宝庆疼得倒抽凉气。

沈超拍老路的胳膊，老路这才松了劲。

刘宝庆嘴里冒血，说话含含糊糊，可不敢杀人。我懂规矩，那事儿只要女的不报警，就没啥事儿。杀人，要偿命。照片上的，我没见过。

老路很失望，在刘宝庆脸上踢了一脚，刘宝庆栽倒在地上。

闹市区里，刘宝庆被拴在电线杆子上，脖子上挂着一块牌子，上面写着"我是强奸犯"。

警车来了，警察驱散人群，把刘宝庆押上车。

小旅馆的霓虹灯坏了，缺着笔画，有气无力地闪着。

逼仄的标准间，沈超盖好两桶泡面，趴下来，和老路一起做俯卧撑。

沈超压了几下便坚持不住，想起来，老路瞪他。沈超不敢起身，只好硬着头皮做。

终于做完，沈超胳膊软成面条，流着汗刚要去吃泡面，老路又递过来两个核桃。

沈超一脸不情愿地接过来，捏在两只手掌里，用狠劲儿，死活捏不碎。

老路一脸失望地看着他,接过来,轻而易举地把核桃捏得粉碎。

沈超看着老路拣里面的核桃肉吃,撇撇嘴,打开泡面,一尝,是冷的,沈超猛拍脑袋,水没烧就倒进去了。

老路冷笑,废物,不知道蓉蓉是怎么看上你的。

沈超满脸尴尬,又忍不住嘴硬,以前都是蓉蓉照顾我。

老路懒得理他。

夜深了,电视机亮着,播社会新闻,整个中国一派欣欣向荣。

沈超睡在床上,睡姿扭曲,打着呼噜。

老路站在桌子前抽烟,桌子上铺着一排嫌疑人的照片,老路抄起刘宝庆的照片撕掉。

更深夜静,只有喘息声,老路追着一个女孩跑。

女孩只有一个单薄的背影,跑出去两步,跌倒,又爬起来,老路想伸手去拉她,女孩发疯地喊,别过来。

老路看着血从女孩的衣服里渗出来。

睁开眼,沈超呼噜打得震天响,是个梦,老路头上脸上全是汗。

清晨,马路上车流声断断续续开始响。

沈超还在睡,老路站在床前,神情复杂地用牙刷猛刷床单上一小块黄色污迹。

轮渡横在水上,人、自行车、摩托车挤得满满当当。

驶到水中,轮渡突然停下来。

人们你看我,我看你,喊,怎么不走了?

几个光着膀子的混混先后站起来,手里拎着棍子,为首的一个捧着一个捐款箱。

混混说,这两年水大,淹了不少地方,老少爷们都是好人,捐俩钱救救我们吧。捐款都是自愿的啊,一块不嫌少,一百不嫌多。

乘客们看着混混们手里的棍子。

捐款箱凑过来,有人往里面塞了一块钱。

混混把棍子架在那人脖子上,问他,老乡,一块钱能买几斤鸡蛋?

那人愣了愣,哆哆嗦嗦地又掏出十块钱塞进去。

乘客们陆陆续续地都往里塞钱。

捐款箱凑到老路面前,老路没抬头,沈超赶紧掏出二十块钱要往里放,老路抬起头瞪了沈超一眼,沈超对着混混尴尬地笑了笑,默默地把钱收回去。

混混一看乐了,拿棍子照量着老路,说,老东西嫌死得慢?

老路扯住棍子,混混使劲往回拽,拽不出来。

人们都看过来，老路慢慢站起来，一起身，照着混混的裆给了一膝盖，混混像漏气的自行车胎，捂着裆，蜷在地上。

其他混混们都围过来，老路把棍子递给沈超，沈超叹了口气，无奈地接过棍子，硬着头皮站在老路旁边。

轮渡靠了岸，人们匆匆下船，都绕着老路和沈超走。

老路和沈超慢慢悠悠地下了船。

混混们横七竖八地倒在轮渡上，像被集体踩了一脚的虫子。

沈超边走边埋怨，你多大岁数了？六十多了，脾气就不能敛敛？二十块钱能解决的事儿，你就非得动手？

老路斜了他一眼，沈超赶紧闭了嘴。

绿皮火车穿过城镇和平原。

车厢里，老路和沈超只有一个铺位，老路躺着，沈超坐着。

熄了灯，老路睡着，沈超坐在走廊里透过玻璃往外看，除了一闪而过的路灯，什么也看不清，火车一过隧道，车厢里就全黑了。

沈超不停地打哈欠，也睁不开眼睛了。

迷迷糊糊中，沈超感觉有人在动他，睁开眼，看见一个红毛伸手掏他口袋。

沈超看着红毛，红毛也看着沈超，甚至对他笑了笑。

两个人无声地扭打在一起。

沈超想喊，却被红毛按住了嘴，一手的烟味。

沈超挣扎，红毛也不放松，两个人就像是折叠在了一起，卡着对方的脖子，都涨得脸通红。

沈超一抬头，看见老路正站在那儿，背着手看他。

沈超发不出声，用眼神求助。

老路摇摇头，恨铁不成钢，我不是教过你擒拿吗？要是遇到这种情况，就用头撞，用牙咬，先破个口子。

红毛也看着老路，一脸不解。趁他愣神，沈超一口咬住他的耳朵，往一边扯，红毛吃疼，手上的劲儿松了，沈超一只手掏出来，扯红毛的头发，一扯扯了下来，露出红毛斑秃的头顶，沈超愣了一下。

红毛终于失去了反抗能力，拍地求饶。

乘警押着红毛，红毛捂着耳朵，血从手指缝里往外流，沈超擦擦自己牙上的血，看着老路，说，你就不能帮帮忙？

老路说，要是我不在了呢？

沈超被噎回去。

老路说，你去睡会儿吧。

沈超躺下来，哎哎呀呀呻吟了半天，才终于睡着。

老路坐在走廊上，看窗外面的华北平原，夜色深沉。

随后从贴身的口袋里掏出一张照片。

照片上，老路身穿警服，满脸严肃，身边站着一个满脸笑意的女孩。

照相馆里，老路一脸不情愿，路蓉蓉不高兴了，说，爸，你就不能笑笑？

老路不耐烦，我不会笑，我就这样，爱照不照。

路蓉蓉急了，你再这样，周末我不回家给你做饭了。

老路这才勉强笑了笑，路蓉蓉赶紧站过去，闪光灯一闪，老路的脸，又不自觉地严肃起来。

老路盯着这张照片看，路蓉蓉的声音还在响：爸！你看你！你这什么表情啊？我又不是你的犯人！

老路看着路蓉蓉，深深地叹了口气。

凌晨两点半，火车靠站。

沈超还在打呼噜，老路拍醒他。

沈超迷迷糊糊地跟着老路下车，走得急，鞋还穿错了一只，一瘸一拐地跟在老路身后。

火车站不舍昼夜，每个人都急匆匆地出走或是回家。

老路和沈超站在火车站前，一脸茫然。

一个大妈凑过来问，住宿吗？有热水，一晚上五十。

沈超跟着老路漫无目的地往前走,大妈就跟着沈超,喋喋不休,这么晚,就睡一晚上吧,有什么事儿,天亮了再办。

沈超看着老路,老路点点头。

大妈领着老路和沈超进了闪着小粉灯的春芽酒店。

说是酒店,其实就是小旅馆,没有电梯,楼道昏暗,前台在看《还珠格格》。

进了房间,房间低矮,潮气重,大妈按亮灯,打开头顶的吊扇。

老路和沈超放下包,大妈拉着沈超问,要女孩不要?

沈超尴尬地摇摇头。

大妈又凑到老路身边,问他,年轻的,要奶有奶,要腚有腚,便宜实惠,要不要?

老路阴着脸,不要。

大妈不肯走,照顾照顾生意,孩子也要吃饭。

老路脸色难看起来,沈超赶紧把大妈推出去。

老路和沈超刚坐下,就有人敲门。

沈超问,谁?

没人应声。

沈超去开门,两个踩着高跟鞋、穿着渔网袜的浓妆女孩就压进来,沈超退回来两步,傻了眼。

其中一个女孩开始介绍,我叫杰西卡,她叫莫妮卡。

不等老路和沈超答话，杰西卡就用手机放歌，莫妮卡就开始跳舞，杰西卡跟上来，边跳边脱衣服，脱得很快，沈超动弹不了，眼睛忍不住去看。

眼看着女孩就要脱到"核"，一床脏兮兮的棉被罩了上去，两个女孩在被子里惨叫。

门被撞开，两个壮汉扑进来，脖子上都拴着大金链子，穿着二道背心，胳膊上有文身，怒视着老路和沈超。

两个女孩从被子里钻出来，捡衣服穿上，跑了。

金链文身壮汉看着老路和沈超，问他们，看了吧？看了就得给钱。

沈超刚要说话，老路给自己点上一根烟，吧嗒吧嗒抽起来，两个壮汉有点发蒙。

老路跟沈超说，你来吧，用我教你的。

沈超看看两个壮汉，块儿太大了，一对二，我整不了这个，真整不了。

老路说，这俩看着壮，实际上虚得很，就是肥蛴螬。

两个壮汉蒙了，问沈超，啥是肥蛴螬。

沈超说，就是夏天掀开石头里面的白胖虫子。

两个壮汉对望了一眼便围上来。

老路跷着二郎腿，抽着烟，指挥。

沈超一直挨揍，被逼到角落里，搬着凳子一顿乱抡，竟然也抡到一个壮汉脑门上，壮汉应声倒地。

另一个壮汉急了，冒死扯住椅子，两个人你争我夺，僵持。

沈超没劲了，椅子被壮汉夺过去，壮汉抡起来往沈超身上砸，一个烟灰缸飞过来，砸在壮汉后脑勺上，壮汉扑在地上。

沈超这才发了狠，骑上壮汉，抽他，嘴里念念有词，我让你打我，我让你打我。

打累了，沈超翻身倒在地上，大口喘气。

沈超青着眼窝，跟着老路走在马路上。

路上车不多，只有路灯昏昏暗暗地亮着。

沈超问，去哪儿？

老路看到了路边的自助银行。

包堆在自助银行里，老路从包里拿出烧纸，往路边走，沈超跟了过去。

烧纸点起来，纸灰盘旋飞扬。老路和沈超静默地看着。

沈超说，蓉蓉，出来拿钱了，在那儿想买什么就买什么。保佑我们，早点找到凶手。

老路看着纸灰往天上飘，烟呛进眼睛，脸上的一块肉开始跳。

停尸房里，老路往里冲，警察小王拦住他，师父，师父，先别进去，你先别进去。

老路踹了他一脚,小王跌在地上,爬起来追老路。

老路冲到停尸房门口,沈超扑过来,拦腰死死抱住他,哭着说,你别看了,听我的,你别看了。

老路脸涨得通红,给了沈超一个绊子,沈超摔出去。

老路推开门,眼前的一切都模糊起来,只有那张脸是老路熟悉的。

老路身子抖着,掏烟,烟叨在嘴里,怎么点也点不上。

刘晓宇紧紧握住老路的手,不知道该说什么。

老路脸上没什么表情,跟刘晓宇说,不能让孩子这么走,就拜托你了。

刘晓宇猛点头,我知道了路队,我会让蓉蓉体面地走。

老路嗯了一声,转身往外走。

老路走在太阳底下,影子很沉,他几乎拖不动,走得很慢。

推开家门,沈超坐在电视机前,里面放着他和蓉蓉的结婚录像,拍得很土,但出镜的每个人都很快乐。

老路在沈超身边坐下来,两个人看着电视里蓉蓉穿着婚纱,奔来跑去,脸上一直带着笑。

外面,天一点一点暗下去。

太阳一出来，万物就有了影子。

沈超走出自助银行，老路已经蹲在马路牙子上抽烟。

沈超走过去，在老路身边蹲下来，也点了一根烟，两个人看着车来车往，每一个轮子都在奋力旋转。

一辆车经过他们，车里丢出来两个硬币，砸在他们面前，老路和沈超面面相觑。

沈超捡起硬币，追那辆车，追出去两步，气急败坏地把硬币扔出去。

等沈超跑回来，看到老路栽倒在马路边上。

沈超冲过去，扶起老路，老路脸色惨白，脖子上血管跳得厉害。

沈超手忙脚乱地给老路喂降压药。

老路吃了药，脸上渐渐有了血色。

沈超说，咱去医院吧。

老路没有力气说话，只是摇头。

老路和沈超站在灯红酒绿的洗浴中心门口。

沈超问老路，这地方正规吗？

老路瞪了沈超一眼，当先走进去。

老路和沈超泡在池子里，蒸汽飘上来，老路闭目养神。

沈超拍拍老路，老路睁开眼，见一个挺着啤酒肚的中年男人裹着浴巾,走进另一个池子,泡下去,眯着眼,舒服得直哼哼。

啤酒肚睁开眼,发现老路和沈超分列左右。
啤酒肚要说话,老路把手伸进水里,捏住了什么东西。
啤酒肚脸色涨红。
沈超采了啤酒肚的指纹,又在他手指肚上扎了眼,采了血。
啤酒肚全程被捏住,一点声也发不出来。

老路说,我问什么,你答什么。
啤酒肚猛点头。
老路问,你身份证上叫栾从伟?
栾从伟脸色变了。
老路问,你在洛阳抢劫,杀过女人是不是?
栾从伟看着老路。
老路手里加劲,栾从伟疼得翻了白眼,嘴里开始吐白沫。

老路刚松开他,栾从伟就瞅准空子,跃出池子,拔腿就跑,一身白肉横飞,快到模糊。
老路和沈超跳出去追,来不及穿衣服,一人扯了一条浴巾就往外跑。

汽车接二连三地鸣笛,司机探出头来大声吆喝,栾从伟甩着肉,健步如飞,老路和沈超裹着浴巾在后面追,浴巾不老实,不敢跑得太快。

栾从伟下了马路,直接一拐,跑进了派出所。

老路和沈超停了一会儿,跟了进去。

栾从伟一把抱住执勤的民警,气喘吁吁地喊救命。

民警看着紧随其后、提着浴巾的老路和沈超,也懵了。

老路和沈超规规矩矩地坐着。

民警在讲电话,好,好,知道了,郑局,我会妥善处理,您放心。

民警走到老路和沈超面前,给老路看指纹比对和血型比对,说,比对了,对不上。

老路和沈超都很失望。

民警说,这小子刚从洛阳逃回原籍,在这儿有点背景,搞黑社会,还涉黄,我们早就盯上了,这是想让他把同伙引出来。

老路点头。

民警看着老路,很诚恳地说,您是老前辈,又是老英雄,应该理解办案的规矩,这次郑局亲自打电话来,我们就不追究了。我理解您的心情,但以后您不能再私自调查了,您已经退休了。

老路急了,脖子一梗,退休了,就不能见义勇为了?

民警一脸尴尬,沈超拉着老路。

火车站的候车厅，沈超歪在椅子上打盹。

老路在电话亭打电话。

电话里小王说，师父，你让我查的人，我查到了。

老路说，好，我知道了。

老路走回来，拎着一袋子面包，扔给沈超一包，说，吃完了买票，去延吉。

沈超眼前一亮。

两个人低着头吃面，来来往往的旅客，从他们身边走过。

火车轰隆向前，进了延吉。

老路和沈超下车，又坐上了公共汽车，随后是拖拉机，下来又步行，最终站在一片坟包里。看着眼前一座土坟，墓碑上的名字是"贺大军"，沈超一脸失望，死了？

老路和沈超在坟包前坐下来，陷入了沉默，只有一点风吹着坟包周围杂生的野草。

老路眼尖，捻着坟包上的土说，这是新土。

沈超一看，刚埋的？

老路拍拍手上的土，站起来，说，走。

老路和沈超进了一栋筒子楼。

找到住户，敲门，没人应。

沈超把耳朵贴在门上听动静，老路一脚把门踹开，沈超跌进去。

一屋子没有完全散去的煤气味，呛人。

沈超扑到窗户边上，把所有的窗户都打开。

老路站在床前，看着床上已经僵硬的老太太。

沈超喊老路，老路走到煤气灶前，看见煤气罐上的软管破了个洞，拿抹布垫着，晃了晃煤气罐，里面空空如也，一点煤气都没有了。

墙上显眼的位置挂着一张遗照。

老路拿出嫌疑人的照片和遗照比对，是同一个人。

沈超和老路对望一眼，老路说，这事儿有蹊跷。

警车呼啸着开进来，筒子楼里的居民都探出头来看。

老路和沈超站在阴影里，看着警察上楼。

沈超问，现在怎么弄？

老路拧着眉头想事儿，说，我们得先去个地方。

火葬场。

来火化的灵车都排着队。老路亮了亮手里的证件，看门的被唬住，没注意老路手里的是退休证。

负责人翻着厚厚的资料簿,跟老路说,尸体火化前,都会拍照片,在这儿,叫贺大军。

老路和沈超凑过去看,照片上的尸体明显不是贺大军。

延吉当地的派出所里,户籍警从电脑上调出贺大军的户籍给老路看,销户了,死亡证明也开了。死亡原因是吸毒过量。

老路没有多说,问户籍警,这人平时是干什么的。

户籍警说,早些年全国流窜,几年前回到延吉混社会,听说是个头头,手底下一帮小混混。人际关系挺复杂,唯一的亲人就是八十多岁的老母亲,刚发现死于煤气中毒。

老路问,贺大军还有没有别的社会关系?

户籍警敲了敲键盘,说,有个相好,叫牛晓丽,是个站街女。

这条街上,从南到北,每一间平房前都站着一个女人,平时扫黄的时候就躲起来,风声过去就又跑出来。

沈超刚出现在这条街上,就有女孩上来攀谈。

沈超有点尴尬,跟女孩说,我找牛晓丽。

女孩翻了白眼,又是找牛晓丽的,她就比我们好?横口好,还是竖口好?

沈超一时间没反应过来,问,你认识牛晓丽?她人呢?

女孩伸出手,你给我二十块钱我就告诉你。

沈超掏出二十块钱，女孩一把抄过来，跟沈超说，牛晓丽混出头了，说是要跟她男人去韩国，当"思密达"了。

沈超一凛，什么时候走的？

女孩说，昨天夜里刚走。

沈超亮出贺大军的照片，这是牛晓丽的男人吗？

女孩警惕地看着沈超，你谁啊？

沈超逼近女孩，我警察。

女孩吓惨了，又来扫黄？存心不让我们吃饭了？

沈超不想跟她多说，就问，是不是这个男的？

女孩看了一眼，说，就他。

沈超问，你怎么这么肯定？

女孩瞟了沈超一眼，我接待过他。

打印店里，打出来一张通缉令，上面是沈超的照片。

老路拿起来看了看，付了钱，走出去。

码头上风很大，渔船都列着队，靠在岸上。

老路和鱼老大攀谈。

鱼老大说，这会儿出不了海，浪太大了，要出去的船，都困在这里。

老路递给鱼老大一根烟，指了指海对面，问，我们要去那边，有门路没有？

鱼老大打量着老路和沈超,摇摇头。

老路指着沈超,我儿子,犯了事儿,想出去躲躲。

老路看了沈超一眼,沈超从口袋里掏出通缉令给鱼老大看。

鱼老大打量着沈超,问老路,你们有钱吗?

老路点头,只要能出去,钱不是问题。

鱼老大猛抽了几口烟,扔在地上踩灭,站起来说,你们跟我来吧。

鱼老大指着一艘渔船给老路和沈超看——朴埠1号,冷冻渔船,就这个船,每个人三万五,先交钱,交了钱就上船等着。台风一停,船就走。

老路说,行,我们回去拿钱。

两个人刚走出去两步,船动了,回头一看,有人在解缆绳。

老路和沈超对望一眼。

海上风更大,船晃得厉害。

老路和沈超躲在同一个货柜里,对着脸,蜷着身子,像两只虾。

船晃得狠,沈超忍不住一口吐出来。

老路低声骂他,你就不能咽下去?

沈超愕然。

夜里风才停,船晃得没那么厉害了。

老路和沈超摸索着从货柜里出来。

刚探出头,就看见一群人正围着他们,眼里都藏着狠,是狼看兔子的眼神。

人群分开,从船舱里走出来的男人提着汽灯,看起来文文弱弱,老路眼前一亮,是贺大军。

贺大军蹲下来,打量着老路和沈超,问他们,干吗的?

沈超说,我们爷俩,要去韩国躲事儿,身上带的钱不够。

贺大军笑笑,站起来往外走,说,扔海里。

一群人迎上来。

老路说,有钱,到了地方就有钱,我闺女在韩国贩烟,到了地方我们拿两倍的钱。

贺大军扒拉开众人,凑上来,提灯照在他们眼睛上,当我傻?想白嫖?

沈超手在抖,眼睛看向老路。老路说,那你怎么才肯信?

贺大军想了想,扔下来一把砍刀,说,鱼舱里有个人,弄死他,就当船票。

沈超身子开始抖,老路伸手要过贺大军手里的汽灯,弯腰捡起砍刀,沈超跟着他往鱼舱里走。

鱼舱里又黑又臭,汽灯照过去,柱子上绑着一个人,闭着眼,歪着头。

老路提灯拿着刀往前凑，沈超一把拉住老路，老路看了他一眼，抡刀砍上去。

沈超转头吐了。

老路凑到他耳边说话，人早死了。

沈超一呆。

老路把沾着血崩了刃的刀扔在贺大军面前。

贺大军看着他们，笑了，说，你们入伙了。

沈超松了一口气。

贺大军扔出来一个东西，老路一把接住，是把钥匙。

贺大军说，去船舱里爽爽吧。

老路把钥匙塞给沈超。

船舱打开，里面亮着一盏吊灯，船晃，灯就跟着晃。

有个女人，披散着头发，双目无神，缩在被子里，露着肩和腿，听到有人进来，就把被子掀开，张开腿。

沈超从地上捡起脏兮兮的被子给女人盖上，摸到被子里有东西，去掏，女人突然就激动起来，扑过来抢。

两个人拉扯，女人像疯了一样，骑在沈超身上，劈头盖脸地抽他。

沈超把塞在被角里的东西掏出来，是一本用塑料袋包起来的护照,打开看,上面的名字是牛晓丽。

沈超一愣神,牛晓丽一把抢过护照,双手护在胸前。

沈超看到牛晓丽脖子上的项链在晃,眼一下子热了起来,扑过去,压住牛晓丽的脸,看清了项链背后刻的字——"蓉"。

首饰店的镜子里,沈超给路蓉蓉戴项链。

路蓉蓉脸上的笑藏不住,这太贵了吧?

沈超说,我挣钱了,这个项链是定制的,瞧见了吗?有你的名字呢。

沈超松开牛晓丽正要说话,有人砸船舱的门,喊,快些,都等着呢。

沈超控制住自己,看着牛晓丽行尸走肉地躺在那里,站起来,慢慢退出去。

甲板上,沈超走到老路身边,老路递给他一根烟。

沈超说,里面的人是牛晓丽,她……戴着蓉蓉的项链。

老路手一抖,看着沈超,沈超对他点头。

老路眼睛红了。

夜里,呼噜声迭起。

沈超给老路递降压药,低声说,最后一颗了。

老路接过来，吞下去。

老路赤着脚走出去，走到甲板上，听见船长室里牛晓丽的叫声，顿了顿，掀开鱼舱，顺着梯子下去。

点亮打火机，微弱的亮光里，一个人蜷缩在角落，手脚都绑着铁条。

老路翻他的口袋，里面有张船长证，染着血，勉强能看出名字来，叫曲昌盛。

老路拿打火机去照冷冻货柜，没上锁，拉开，里面冷气喷出来，一片白，许多鱼胡乱堆放着，叠在一起，再仔细看，从冻鱼里翻出一截断指。

老路不动声色退出来，关上货柜的门。

然后蹲下来看船长的尸体，拍拍他的肩膀，低声说，对不住了兄弟。

老路爬上来，一只手伸过来拉他，老路看清了，是贺大军。

贺大军拎着汽灯拉了老路一把。老路爬上来，贺大军递给他一支烟，给他点上。

两个人沉默着抽烟。

贺大军问，都看到了？

老路说，看到了。

贺大军打量着老路，你有点面熟。

老路说，我们以前没见过。

贺大军说，我看得出来，你不是一般人。

老路说，我当过警察。

贺大军笑了，当警察不挣钱吧？

老路没说话。

贺大军说，到了韩国，跟着我干吧。

老路说，我年纪大了。

贺大军说，这一船人，就你有本事。我实话告诉你，等韩国的接驳船到了，我只能带两个人，你是一个，你儿子是一个。

老路问，那其他人呢？

贺大军没说话，看着茫茫大海，把烟头弹进去。

天亮了，沈超递给老路一片面包，问他，什么时候动手？

老路说，别急。

老路看着牛晓丽，牛晓丽缩在被子里，双目无神。

老路问，你脖子上戴的项链，哪里来的？

牛晓丽看着老路，嘴里重复着，我听话，我听话。

老路一把把项链扯过来，亮在牛晓丽面前，谁给你的？

牛晓丽看着项链，身子往后缩，往被子里躲。

老路扯着被子，她惊恐得浑身发抖。

她不说，你问我吧。

老路回过头，贺大军在身后看着他。

老路亮手里的项链问，哪里来的？

贺大军在舱里翻了半天，翻出一个黑皮兜，拉开拉链，全倒出来。

地上都是金银首饰，戒指、项链、手链、发卡……都是女孩戴的。

老路看着那些首饰，它们聚在一起，才能闪出一点微光。

贺大军随手抓了一把，扔在老路面前，跟他说，你随便挑一个，我都能告诉你，戴它的人是怎么死的。

老路握紧手里的项链，没说话。

贺大军说，你一上船，我就知道你心里有事儿。我看人从不出错。

老路晃了晃手里的项链。

贺大军问，她是你什么人？

老路说，我女儿。

贺大军叹了口气，笑吟吟地说，撞上我，可惜了。二十几了？

老路说，二十八。

贺大军拿小拇指抠耳朵，像是要把记忆从耳朵眼儿里抠出来。抠了半天，说，我想起来了。

路蓉蓉骑着自行车，拐进巷子里，牛晓丽挺着肚子从胡同口钻出来，路蓉蓉刹不住车，车把一歪，连人带车摔在地上，路蓉蓉胳膊上擦出血印子，顾不上疼，连忙爬起来去看孕妇。

牛晓丽撇着腿，手撑着腰，坐在地上。

路蓉蓉扶她，问，你没事儿吧？

牛晓丽说不出话，直摇头。

路蓉蓉扶她起来，牛晓丽走不稳，脚软，又要倒。

路蓉蓉架住她问，你家在哪儿？我送你吧。

牛晓丽看了路蓉蓉一眼，指了指胡同尽头。

路蓉蓉扶着牛晓丽，往胡同深处走，被两侧房屋映下来交错的阴影吞没。

出租屋门打开，路蓉蓉扶着牛晓丽坐下，牛晓丽缓过来，指着桌子上的暖瓶，让路蓉蓉自己倒水喝。

路蓉蓉摇头，说，我该走了，自行车还在外面。

起身要去拉门，门被打开，贺大军进来，看着路蓉蓉，后背贴在门上，挡住路蓉蓉。

路蓉蓉回头去看牛晓丽，牛晓丽把头转过去。

再转头，贺大军捂住了路蓉蓉的嘴。

牛晓丽呆坐在床上，身子随着一声一声有节奏的闷响耸动。

卫生间里，贺大军脸上都是血点子，对她笑了笑，关上了虚掩着的门。

贺大军走出来，伸了个懒腰，吹着口哨把手洗干净，走到牛晓丽面前，从裤兜里掏出一条项链，戴在浑身发抖的牛晓丽脖子上。

夜里，贺大军骑着路蓉蓉那辆女式自行车，车把上挂着几个黑色袋子，晃来晃去，没入黑暗里，只有车铃声从黑暗中传出来。

牛晓丽浑身发抖，摸着自己早已平坦下去的肚子，努力地把身子缩小。

老路脸上的肉开始跳，问贺大军，为什么杀人？
贺大军说，就是个爱好。
老路看着他，身上的肉硬了起来。
贺大军慢慢举起一把54式手枪，指着老路，说，这地方小，咱出去吧。

牛晓丽先上去，随后是老路，贺大军举着枪最后一个上来。
船停了下来，贺大军抬头一看，沈超和一群船员都看着他，船员手里拿着砍刀和钢管。
有人指着沈超，问贺大军，他说你只能带两个人上韩国人的船，真的假的？

船员们都凑上来，脸上的表情狰狞起来。

贺大军看看沈超，又看看老路，笑了，有勇有谋，不愧是警察。

这句话一出，船员们狰狞的脸又朝向了老路。

沈超走到老路身边，看着周围一双双杀气腾腾的眼。

贺大军拿枪挠了挠鬓角，说，你们都犯了事儿，回去就是死刑。我跟韩国人说好了，只能带两个活人上船，你们自己看着办。

船员们又去看对方，脸上的表情像野兽。

贺大军觉得很有意思，揪着牛晓丽的头发，把她往船长室里拽。

船员们都不说话了，看着对方。

老路和沈超背贴上了背，拳头握紧。

浪跟着风大起来，拍在船身上。

船又开起来，贺大军的呼吸发着抖，低头看了一眼牛晓丽一动一动的头顶，上面还有个旋儿，往远处看，海平线上，出现了一艘货船的影子。

甲板上的血让人站不住，一动就打滑，老路和沈超互相拉扯着，手里都多了一把刀，甲板上人一倒下，就站不起来了。

韩国来的接驳船是一艘货船，垒满了集装箱，船越靠越近，贺大军一只手扯住牛晓丽的头发，一只手握着对讲机，报告自己的坐标。

还站着的船员看见货船近了，都红了眼，眼睛看出去，都蒙上了一层血雾，分不清谁是谁，见人就砍。

沈超小腿上开了一道口子，伤口白森森的，站不住。老路拖着他的领子往外拽，两个人滚倒在地上。老路被围住，半跪着，眼前发晕，拎着刀不动，人一凑上来，他才胡乱抡刀出去。

接驳船靠近，牛晓丽裸着身子，抱着贺大军的腿说，带我走。

贺大军提上裤子，把脚伸到牛晓丽面前，笑了一下，照着脸给了牛晓丽一脚，牛晓丽晕死过去。

贺大军拎着两个黑袋子，走出船长室，对着接驳船挥手，接驳船上扔过来用绳子绑着的红色救生圈。

救生圈落在甲板上，贺大军去追，看着一众船员倒在甲板上，抽动，打挺，只有老路和沈超互相拉扯着站在那里，老路脚下踩着那只红色救生圈。

贺大军站在那里。

老路看着他，说，你犯了法，得跟我们回去。

贺大军笑了，掏出54式，开了一枪，沈超挡在老路身前，子弹打在沈超肚子上。

老路把手里的砍刀扔出去，砍在贺大军肩膀上，贺大军又开了两枪，打偏了。

接驳船等不及，不停地鸣笛，贺大军急了，要往水里跳，老路扑过去拽住他的腿，贺大军脸朝下摔在甲板上，磕出一嘴血。

贺大军翻过身来，给了老路一脚。老路倒在地上，头发晕，眼前都是虚影，挣扎着站起来，贺大军后退，举着54式，对准老路。

老路捡起一把砍刀，跌跌撞撞地逼近贺大军，贺大军打枪，打在老路身上，老路径直往前走，直到贺大军打光子弹，枪管无力地冒着烟。

老路的砍刀砍在贺大军脖子上，贺大军的脑袋一歪，看着老路，笑着说，她跟我说，她爹是警察，让我别杀她。

贺大军倒在地上，圆睁着眼，无力地看着接驳船上，韩国船员解开绳子，扔下来，调头往回开，他张嘴想喊，却什么也喊不出来。

老路走到沈超身边，跌坐下来，沈超捂着肚子，对老路惨笑。

两个人看着牛晓丽光着身子，从船长室出来，对着远去的接驳船大喊，回来。

接驳船没有回应她，越开越远，她跑到船舷上，翻身跳下去，奋力向着接驳船游，随即就被海浪吞没了。

沈超看着老路，叫了声爸。

老路说，回去记得给蓉蓉烧纸，遗像换成彩色的，她爱美。

沈超点头。

老路看着沈超说，以后泡方便面，记得烧开水。

沈超笑了。

老路说，我累了，我睡一会儿。

沈超看着老路，说，你睡吧。

老路身子歪下来，看着海天相接的地方，太阳在往下掉，一海的余晖。

血从衣服里往外渗，流到甲板上，洇了一地。老路倒在血泊里，血烘托着他，就像烧着了一样。

渔船顺着风漂。

茫茫大海上，怒涛声回响，极目望去，太阳落到了群山背后，映照草木，山川被点燃了一样，开始熊熊燃烧。

人间

时差

在这里,你得把一件事拆成几件事来干,
这里的时间是一点一点磨掉的,就跟磨石头差不多。
陈建强一开始不知道怎么磨时间,
时间又不是石头,看不见、抓不着,怎么磨?

陈建强出来之后，跟着刘春燕养貂。

刘春燕自己一个人带着一个六岁的孩子，看中了陈建强踏实肯干，比其他人都早接纳了他刑满释放人员的身份。

陈建强一天到晚都戴着手表，只有洗澡的时候才取下来。

这是他在里面留下的习惯，只要表在走，知道现在几点，他就觉得日子有盼头。

陈建强就住在貂场里，下了班，自己就拎着一瓶啤酒去看那些貂。

貂在笼子里，瞳仁很亮，身形臃肿，吃吃睡睡，对迎接它们的命运不屑一顾。

到了交配的季节，陈建强用猪肝拌黄酒喂公貂，有时候还掺上草药。

公貂吃了之后，就发狂一样地和母貂交配，直到累死。

母貂的皮毛比公貂值钱，公貂活着的意义就是让母貂尽可能多地生育。

陈建强觉得，有点悲哀。

但到了杀貂剥皮的时候，他还是下手利落，皮毛剥得最完整，一个人能顶三五个人用。

刘春燕喜欢看陈建强杀貂剥皮，他安静专注得像块表，整个人就像定在那里，手里的刀就像表针，精确行走，活不干完，他不会起来。

刘春燕问过陈建强，你是怎么进去的？

陈建强不避讳，他出来那天，家里摆酒席请全村人吃饭，他按照母亲的要求，把当年的案发经过复述了很多次。

母亲的意思很明白，尽管迟到了二十多年，但她必须让全村的人都明白，她的儿子不是个穷凶极恶的坏人。

太多次的复述，让陈建强记忆里也出了点问题，他不能分辨哪些细节是真实的，哪些又是记忆自作主张添进去的。

回忆总是不可信的。

事发于 1996 年，夏天。说来也怪，一说起来，陈建强就立马能听到知了叫，那个夏天也是，知了在头顶上不舍昼夜地叫，叫得人心焦，像是在集体呼喊着什么。

十七岁的陈建强，跟着大祥和刚子，猫在马路边的林子里。

陈建强一直冒汗，大祥几乎能看见陈建强脑门上有白气儿冒出来，像一瓶刚从冷柜里拿出来的汽水，心里不太高兴，就跟他说，一会儿你就在这儿放风。

陈建强想说话，但因为太害怕没能发出声音，舌头像被自己吞掉了。

刚子压低声音说，有动静。

三个人往马路上看。

黑影里，来了辆女式自行车，大祥和刚子怕错过，一先一后扑下去，很默契。

陈建强不敢往下看。

林子是个下坡，两个人扑到了马路上，大祥没站稳，摔了一跤。

骑车的女人受了惊，车把一歪，刚子抬起脚，一脚蹬在车轮子上，女式自行车倒在地上，压在女人身上。

大祥爬起来，和刚子围上去，大祥去扯女人身上的包，女人半坐起来不撒手，两个人起争执，女人叫声尖厉，钻人耳目。

陈建强心跳得像打鼓，震得太阳穴一跳一跳。他不敢靠前，只能看见三个人影影绰绰的轮廓,凭着姿势分辨谁是谁。

马路上有车灯一闪,大祥和刚子都紧张起来,女人手劲儿比大祥想象中大,一迭声地叫,搅乱了大祥和刚子的方寸,刚子感觉车灯越来越近,急了,从腰里掏出扳手,砸在了女人的脸上,女人没出声,手里一松,大祥一屁股坐在地上,女人直挺挺地倒下,刚子拉了大祥一把,说,跑。

大祥和刚子张牙舞爪地爬上坡,招呼陈建强,跑啊!陈建强想站起来,腿麻了,跑起来一瘸一拐。

马路上,车灯如期而至。

那年玉米长势很旺,钻在里面,遮天蔽日。

刚子打着手电,翻女人的包,翻出五张大票,崭新得能割耳朵,大祥难掩兴奋,骂了一句。

玉米地里热,陈建强有点昏昏沉沉,脑子里想着那个女人,不知道她怎么样了。

刚子点出一张大票扔给陈建强,说,想多拿下次就一起上。

陈建强不知道把钱藏哪里好,一张大票,一笔巨款,可以买不少东西,想来想去,藏在了枕头套里。

夜里他翻来覆去就是睡不着,脑子里乱得很,好像大票成了活物,钻进脑子里吃他脑瓢,跟他夏天在院子里吃西瓜一个架势。

第二天起来,父亲跟他说,等明年你十八了,就送你跟你二叔学电焊,会一门手艺,将来饿不着。

陈建强想起二叔被电焊烤得通红的脸,觉得自己脸上也在发烫,不太情愿,但没出声。

陈建强好多天不敢从村口马路上过,生怕被那个女的认出来,大祥和刚子倒是潇洒起来,打台球、喝啤酒、吃猪头肉,放肆得像个大款,完全没把那天晚上的事儿放在心上。

第六天的时候,陈建强跟着父亲从地里回来,嘴里嚼着几根新鲜的麦穗,青汁流在胸前的背心上。看到路上停着一辆三跨子和一辆警车,陈建强的心抽起来。

进了屋,两个大盖帽迎上来,扭翻陈建强的胳膊,给他戴上手铐,天依旧很热,但手铐却冰冰凉凉,甚至有点舒服。

弟弟坐在地上哭,父母一直拉着大盖帽的手,问,是不是弄岔了?

大盖帽说,岔不了,你儿子拦路抢劫,砸坏人家半张脸,一只眼淌了出来。

父母都说不出话来。

陈建强钻进警车里，看到大祥和刚子已经坐在里面，用眼神跟他打招呼，表情里还有种重逢的喜悦。两个人都戴上了脚镣，那是他们两个人身上唯一称得上华丽的东西。

警车往外开的时候，村民都跑出来看，父母的身影被人群渐渐淹没。

警车开到村口，经过被太阳晒得近乎融化的沥青路，这里风平浪静，似乎什么也没有发生过。

陈建强听着树上知了在拼命叫，不知道在喊什么。

陈建强讲完的时候，刘春燕叹了口气，跟他说，你就是傻，被人给带坏了。

跟陈建强的母亲说了一样的话。

杀貂剥皮的时候，血沾了手，热的，陈建强常常会想起那个被刚子砸坏了脸的女人，不知道她是谁，那天晚上她要去哪里，她兜里为什么有五张大票。

以前在里面，那条路、那辆女式自行车、那个坏掉半张脸的女人，都是他噩梦的素材。

他在梦里无数次拼凑当天晚上的每一个细节，每次惊醒都一身冷汗。

出来之后，噩梦还是会做，这是他身上唯一没改变的东西。

父母对他出来以后能有活干、有饭吃，已经很满意。

来看他的时候，还给刘春燕带了不少土特产，热情得让陈建强自己都不好意思，但又不忍心阻止。

这些年，陈建强眼睁睁看着母亲一天天瘦下去，一向在村里腰杆挺直的父亲，在自己被抓进去那一年也犯了腰病，腰从此就弯了，再也没能支棱起来，加上脸和脖子晒得通红，更像一只煮熟了的虾。

以前，看电视里老说什么株连九族，后来他明白，一个人犯罪，对父母就是另一种株连。

收了工，陈建强和刘春燕吃完了饭，陈建强回到自己的屋。他睡眠不好，夜里的时间比别人多。

在里面的时候，老犯人教过他，在这里，你得把一件事拆成几件事来干，这里的时间是一点一点磨掉的，就跟磨石头差不多。

陈建强一开始不知道怎么磨时间，时间又不是石头，看不见、抓不着，怎么磨？

老犯人还说，在这儿，人会丧失对时间的感知，察觉到昨天和今天并无不同，明天和今天也是一样。这样的日子没盼头，人容易疯。

父母来看他的时候，问他缺什么，陈建强要了一只手表。

有了手表，陈建强听着秒针在跑，心安了不少。

过年的时候，城里动物园来监狱里慰问演出，说是为了唤醒犯人们的纯洁心灵。慰问团表演了很多节目，其中有一个是熊猫杂技，钻花篮、转坛子之类，陈建强印象深刻，原来熊猫也能驯。

晚上，陈建强睡不着，脑子里时针秒针跑了一晚上。

第二天，陈建强在牢房里抓到一只老鼠，开始训练它。老鼠很聪明，学得很快，能后空翻，经常给狱友们表演节目。

陈建强把口粮省下一口，老鼠闻着味就跑出来，也不怕人。狱友说，你陈建强和动物有缘分，没听说过能驯老鼠的。

陈建强觉得自己懂老鼠，老鼠好像也能听懂陈建强。狱友说，老鼠能驯，大象你也能驯，世界上的道理都是一样的。

陈建强好像真的发现自己有跟别人不一样的本事。

出来之后，陈建强背了一个包，去刘春燕的貂场。一进去，就自己拿饲料喂貂，好像已经和它们熟识多年。

刘春燕当时就觉得这个人可以。

不过，陈建强没能把那只老鼠带出来。

出来那天，他一大早就醒了，却到处找不到那只老鼠。

狱友们也帮忙找，翻箱倒柜，老鼠就是不肯出来，直到管教催促,陈建强走出去,想回头,被管教拉住,跟他说,不好回头的。

陈建强没能回头,他听着自己手腕上的手表嘀嗒作响,越是往外走,就越是响得剧烈。

他好像明白了什么,老鼠不愿意出去,它适应不了外面的时间。

在貂场,陈建强也没敢去驯这些貂。

他害怕自己和它们任何一只有了感情之后,就下不了手剥它们的皮了。

到时候刘春燕问起来,他没法解释。

杀完了一茬貂,笼子里就剩下小貂了,等它们长起来,皮毛亮起来,照例也会被杀掉。皮子变成漂亮女孩身上的领子,貂皮大衣,显得残忍而华贵。

小貂们中夜哀鸣,陈建强睡不着,就走到院子里抽烟。

身后有动静,他回头,刘春燕穿着个吊带走出来,看样子也没睡着。

陈建强问,睡不着?

刘春燕说,孩子睡了。

陈建强说,外面凉,你多穿点。

刘春燕没说话,走过来,拉着陈建强的手,往他屋里走。

陈建强被拉出去几步，停住，刘春燕拉不动了，回头看他，盯着他看，陈建强的力气被她看没了。

刘春燕把陈建强拉进他的屋里，里面过分整洁，这也是陈建强在里面养成的习惯。

刘春燕的呼吸吹到陈建强脸上，带着火星，陈建强想起自己小时候放野火，只要一点火星子，点着一把草，就能连绵不绝地烧起来。

陈建强觉得自己也烧起来了。

他十七岁进去，不通男女之事，听老犯人绘声绘色地描述，却没有具体想象，也听说在里面男人也能搞男人，陈建强有点害怕，但想象不出那是怎样一种操作。

好在一直相安无事，他不会打别人屁股的主意，别人也没打他屁股的主意。

现在他终于开窍了。

刘春燕点着了他。

看得出来，刘春燕自己也有些失态。

到了秋天，山坡上的野草枯黄下去，随风摇曳，招惹野火，迫不及待被烧掉。

刘春燕跟陈建强燃烧着彼此的身体，两个人对异性的身体都已经陌生，甚至笨拙，手脚不知道该往哪里放。

余烬还冒着热气。

刘春燕盯着房梁看，跟陈建强说，你人不坏，一起过日子吧。

陈建强怔着，没说话。

刘春燕说，不过有些话我要说在前头。我男人没死，没坐牢，他欠了别人钱，抛下我和孩子跑了，今年第五年了。他有难处我能理解，他可能天亮就回来，也可能永远不回来。他要是回来，我还得跟他过。你愿不愿意？

陈建强想了想，说，行，搭个伙过日子。

陈建强把貂场当成自己家的，第二年，貂场的面积扩大了一倍。

其间，刘春燕怀了一次孕，背着陈建强把孩子打掉了。

陈建强发现之后，刘春燕跟他说，要是咱俩有了孩子，以后的事儿就麻烦。

陈建强没说话，杀了一只老母鸡，给刘春燕炖了一锅汤。

刘春燕喝汤的时候，陈建强给未出世的孩子烧了一沓纸，也不知道他能不能收到。

陈建强躺在床上，调表。不知道怎么回事，出来以后，手表总是跑得慢，一开始是慢十几分钟，后来就慢一个小时，不知道以后还会慢多久。

立秋了，陈建强在貂场里喂貂。

有个男人进来，风尘仆仆，伸长脖子往里张望。

陈建强出来，擦擦手，问他找谁。

男人说，我找刘春燕。我是她男人。

陈建强愣了愣，说，她上城了，还没回来。你里面等吧。

刘春燕带着孩子回来，进了屋，看见男人。

孩子眨巴着眼睛，看着刘春燕抱着男人又捶又打又哭。

陈建强在貂场里，听着里面传出来的号哭声，依次给貂放好饲料。

他洗了手，洗了脸，回屋把东西装成了一个包，来的时候一个包，走的时候也是一个包。

刘春燕和男人从屋里出来，刘春燕喊他，吃了饭再走吧。

陈建强说，不吃了，还有事，你们吃。

说完，他走出貂场，没回头。

陈建强有段时间没找到新的工作，后来经人介绍，在城里找了个工地开塔吊，塔吊高耸，离着人间的距离正好。

换了班，陈建强走出工地，看到一个女人在工地边上满腿泥泞，用红绳牵着两只乌龟叫卖。

他走过去，看仔细了，女人半张脸有凹陷，一只眼珠是假的。

女人察觉到陈建强在看她，问他，买不买乌龟？工地里挖出来的，千年王八万年龟，一百年对它来说就是一年。吃了能长寿，你要不要？

陈建强说，乌龟多少钱？

女人用一只眼睛看他，说，一只五百。

陈建强点出一千块钱，女人接过来，低头仔细点。

陈建强问，你结婚了吗？

女人冷笑，我这副样子谁要？年轻的时候出了事，遇到小流氓，把脸砸坏了，一只眼也瞎了。命不好。

陈建强说，我会驯乌龟，你信吗？

女人专心点钱，没言语。

陈建强说，我能让乌龟翻跟头。

女人听清了冷哼一声说，莫名其妙。接着把钱又点了一遍。

陈建强又说，你跟我过吧，我娶你。

女人讶然，抬起头，用一只眼看着陈建强，陈建强没躲。

塔吊的吊臂在空中挥舞，像人间的时针。

树上，知了一直在叫个不停，跟当年夏天叫得一样，不知在喊些什么。

坠龙

刘好站在那里,袖着手,眼睛被熏得眯起来,看到火焰蒸腾中,一条巨龙腾空而起,在火焰中游移,蜿蜒了一会儿,钻进火里又钻出来,随后就遁入了天际,不知所踪。

有条龙掉下来了。

就在这儿,那时候这里还是个村。

天太干。

干到什么程度?风里都冒火星子。

谁都记不清多久没下雨了。

那条龙,青色的,身子有几里地那么长,龙鳞都干透了,带着血丝儿,龙一喘气,龙鳞就刺啦刺啦响,铁叶子一样,响得扎耳朵。

龙拼了命地动,想飞起来,身子就像抽鞭子似的,抽得到处都是飞土……

这是曼哈屯小区里唯一精彩的传说。

小区只有三栋楼,临近马路,不封闭,都说这里风水不好,孤煞之地。

这也难怪,本来就是安置拆迁户的,能住人就行,谁在乎风水呢。

三栋楼建筑质量差,外墙颜色暗淡,风一吹,墙皮就落下来,楼上长满牛皮癣。

垃圾站三四天才清理一次,天一热,味道就蒸上来,熏得人发晕。

每栋楼都只有两部电梯,而且总坏,人们常常在楼道里相遇,气喘吁吁、满头大汗,连打招呼和骂脏话的力气都没有。

祝好去位于地下车库的物业公司交物业费。

物业公司深陷地底,紧邻厕所,厕所里下水管不通畅,通风设备坏了也没人修,厕所里的味道几乎是物业公司的坐标,人们凭借味道辨认这里的位置。

昏暗的灯光下,肆虐的气味几乎有了实体,占据了整间房子。

祝好进来之后,捂住鼻子,交完钱,实在忍不住开口说道,你们应该修一修下水管。

工作人员瞥了祝好一眼,说,我们都是下等人。

祝好不知道这句话跟修下水管有什么关系,更不知道"我们都是下等人"这句话包不包括他。

但他闭了嘴,拿了收据,赶紧走了。走出去很远,味道似乎还在追杀他。

祝好踩着脏透了的旅游鞋,在马路边走来走去,不停地看着手机上的时间。

霾很重,风透不进来,人像是走在鸡蛋里,沥青路软得起起伏伏,像一条挤出来没有落到蛋筒里的冰激凌。

祝好走在路边,汗往脑门上蒸,感觉自己成了一瓶就要顶开盖儿的啤酒。

他靠在电线杆上抽了一支烟,又去小卖部买了一根冰棍,在霾里吃完,这才转身往一号楼走去。

一号楼建得最早,最旧,猛一看,就会发现楼身有点歪,听说跟地陷有关系。

一号楼里房子地面没有平的,桌子椅子都要垫一下,不然什么都往下滚。

楼道黑暗,楼梯口像是一张嘴,把祝好吞进去。

电梯又坏了,祝好快爬到六楼时,迎面撞上一身酒气、衣衫不整的老张。

老张带着一脸满足后的倦意,脸上的皱纹舒展开来,腋下都汗湿了,看到祝好,很亲切,伸手就要去摸他的头,祝好躲开,但还是闻到了他身上的汗味儿。

老张有些尴尬,骂了一句,这破电梯,物业也不修。

然后嘱咐祝好一句,我家 Wi-Fi 你随便用,说得豪气而慷慨。

祝好一句话没说,绕开他上楼。

老张觉得还有什么话没说,又连忙对着祝好的背影补充了一句,让你妈放心，有我，出不了事儿。

603，防盗门上贴着福字儿，两侧贴着去年的春联，红色褪去，黯淡无光，上面人类对世界的美好祈求也变得尴尬丑陋起来。

防盗门开开关关的次数过多，门缝的橡皮条坏了，祝好带着破门而入的气势，用力撞开。进去之后，又用力关上，发出沉重的声响。

刘亚莉只穿着内衣，身上都是汗，叼着烟，正在从床上扯下被罩、床单和枕套，嫌弃地扔在地上，听到门响，抬头看到祝好走进来。她叼着烟说话，中午你自己煮面条，我去你沈姨家打麻将。

祝好没说话，也不肯看刘亚莉，打开冰箱拿可乐喝，身子砸在沙发上，打开电视，不停换台。

刘亚莉停下手里的活儿，眼睛被烟呛得眯着，走到沙发前，推了祝好一把，说，儿子，你就要过生日了，十八了，大人了，说说想要什么生日礼物，你说那个鞋叫什么来着？哎追？

祝好头也不抬，说了句毫不相关的话，老张给钱了吗？

刘亚莉敷衍，给了。

祝好抬头看着刘亚莉，给了多少？

刘亚莉不耐烦，你问这个干吗？你别管。

祝好说，我早晚攥死他。嫖不给钱，是人吗？

141

刘亚莉脸上挂不住了，骂道，你嘴里干净点。

祝好仰头看着她，你干还不让人说？

一句话把刘亚莉堵回去，她愣在原地。

祝好专心看电视，电视里正在重播文艺晚会，每个人都笑得很开心。

刘亚莉叹了口气，一个人转身回屋，快速把烟抽完，摁在床头布满烟屁股的烟灰缸里，抱起床单被罩，走到阳台，扔进洗衣机里，倒上好几瓶盖消毒水。

想了想，又把自己身上的胸罩拽下来，扔进去，洗衣机轰鸣。刘亚莉看着窗外，外面雾霾浓重，地面像个大烟囱，把废气排向天空，几只鸟从树梢上飞起来，争先恐后地一头扎进雾霾里，很久都没有飞出来，就这么着不见了。

刘亚莉出门之后，祝好给自己煮了面条，拌上辣椒酱，吃得稀里哗啦。

阳台上，刘亚莉晒在晾衣架上的内衣滴着水，吧嗒吧嗒的，像是女人在哭。

祝好吃完以后，擦擦嘴，打电话给许如意，问她，出来玩儿吗？

许如意说，在学校呢。

祝好说，不都要毕业了吗，你还去干啥？

许如意说，考完试才能拿到毕业证。

祝好吸吸鼻子，一个破职高的毕业证，有啥用？

许如意有点生气，说，我就不喜欢你说话的态度，我挂了。

许如意挂了电话，祝好有点无聊，不知道该干点什么。

外面太阳穿不透雾霾，越来越热，树梢都噼里啪啦要爆开似的。

这个时间最不好过，不上班的都躲在屋里，祝好觉得没什么比人类的午睡时刻更无聊了。

祝好睡不着，出了门，还是去了学校。

第二职业中学，民办的，第一职业中学早就倒闭了。

此前祝好都不知道学校也会倒闭。

自习室里零零星星几个学生，许如意也在里面。

祝好凑过去，坐在她旁边，许如意在看书，没理他。

祝好凑到她耳边说，一会儿放学我带你去骑摩托车。

许如意说，再说吧。

说完就低头专心看书。

祝好拿起一本美发手册翻了几页，就开始犯困，不知不觉睡着了。

等他醒过来，教室里空空如也，空气里飘着粉笔末，让人想打喷嚏，黑板上不知道是谁写了花体字，字写得挺漂亮，就是内容不堪入目。

祝好到了台球厅。

台球厅里吊扇在转,切碎热风。

铁哥和几个头发五颜六色的青年在打台球,旁边两个烫了头发的女孩,在比谁的美甲更好看。其中一个女孩身上的黑色皮裙子磨破了一层,露出里面的人造革。另一个女孩腿上的黑丝袜上有一道勾丝,像个绵长的疤痕。

祝好走过去,问,铁哥,摩托车借我骑骑?

铁哥进了球,兴致高昂,眼睛盯在球上,拉开架势,屁股撅起来,砰,球又进了,铁哥高喊,这他妈就叫三点一线。

然后才抬起头看祝好,掏出钥匙扔给他。

祝好接过来,说,谢了铁哥,我回来给你加满油。

铁哥摆摆手。

祝好往外走,听见身后有人说了句,这就是那只野鸡的小崽子吧?

祝好停了停,转身走回去,盯着头发五颜六色的几个青年,问,刚才谁说话了?

其中一个红毛梗起脖子,盯着祝好,我说了,怎么着?

祝好说,你敢再说一遍?

红毛说，好话不说第二遍。

祝好腰以下像是安了弹簧，弹起来，扑向红毛，红毛不防，被压在台球桌上，台球四散，祝好抄起一个球，使劲往红毛嘴里砸。

两个女孩抬头看过来，见怪不怪。

铁哥拎着球杆，摇摇头，可惜了我一桌好球。

祝好往外走，红毛捂着嘴，一嘴血。

祝好骑上摩托车，飞驰而去。

铁哥瞪了红毛一眼，以后你嘴里干净点。

红毛吐出一口血，里面有一颗牙。

祝好骑着摩托车，窜入雾霾，撕碎雾气，像砸开一个鸡蛋。

摩托车破开风声，成了一个乐器，声音煞是好听。

风作梳子，分开祝好许久没剪的头发，摩托车经过饱受污染之后水色绚丽的护城河。河水颜色根据两岸厂子每天排放的污水不同，一周七变，几乎是城里的大型日历，用颜色昭示今儿是星期几。

绿色的，星期二。

祝好蹬着摩托车，骑得飞快，河水里腐臭的气味儿追不上他，祝好心里有那么一点儿愉快。

摩托车经过垃圾场，工人在焚烧垃圾，烟尘滚滚，混入雾霾，有点"大漠孤烟直"的意思。

祝好凝视烟柱蜿蜒向上，心想，这倒挺像一条龙的。

摩托车开进小吃街，在得胜网咖门口停下来。

祝好跳下来锁车，网咖里烟雾缭绕，从门口冒出来，比霾还要浓重，祝好就是在网咖里二手烟抽多了才染上的烟瘾。

U型锁不太顺滑，拧了几次没拧动，祝好蹲下来使劲，听到许如意的声音，抬起头，看到许如意化了妆，挽着一个穿背心的男人的胳膊，两个人说说笑笑，钻进一个小旅馆。

祝好脸上的青筋慢慢暴起来，他抄起坏掉的U型锁跟了上去。

前台，背心男在办入住，许如意站在他身后，低着头玩手机。

祝好冲进来，一把拉住许如意问，你干吗？

许如意抬头看着祝好，还没说话，背心男转过身，推了一把祝好，你谁啊？

祝好举起U型锁，对着背心男说，你闭嘴。

背心男被祝好的气势震慑，呆住了。

祝好转向许如意，你才多大，就跟人开房？

许如意从手提包里掏出钱包，拿出身份证，给祝好看。

两个人一个举着U型锁，一个举着身份证，像是要组成一个什么几何形状。

许如意言简意赅，看清了吧，滚蛋。

祝好拎着U型锁，走出小旅馆，茫然无措地看着天色暗下来，他抬头想找找夕阳在哪里，却怎么也找不到，掏出手机想给谁打个电话，却不知道打给谁。

在原地站了好一会儿，他才想起来什么似的，打开相机对着旅馆的招牌，拍了张照片，发了个朋友圈：我他妈的失恋了。

网咖里，烟尘弥漫，面无表情的年轻人敲击键盘，沙发上歪着沉睡的一对情侣，两个人睡姿粗野，主机风扇轰鸣，电路板过热的气味再次把二手烟蒸熟。

祝好一身纯白铠甲，上面染着鲜血，拎着银枪，从网咖里出来，跨同样身着重铠的战马，催马向前，砍翻了路边的西瓜摊，马腿踢倒了并排自行车为首的一辆，其他自行车知趣地倒下，祝好意气风发，骑马一头扎进雾霾。

摩托车从雾霾里钻出来，车头灯打开，像一把银枪，刺穿夜的身体。

祝好不知道该跟谁分享，只好大声自言自语，我今天爆出来的装备，至少能卖两千块钱。

还了摩托车，回到家，祝好撞开防盗门，门口搁着一双网眼的男士皮鞋，刘亚莉的房门紧闭，里面的声音戛然而止。

一个男人的声音传出来，怎么不叫了？

刘亚莉说，儿子回来了。

男人不耐烦，不叫不给钱。我老婆就不叫，要不然我能上你这里来？

祝好钻进自己的房间，把门关上，砸倒在床上，戴上耳机。耳机里传来嘈杂的歌声，祝好听不懂这个乐队在唱什么，只能听出来里面夹杂着脏话，还挺愤怒的。

第二天醒来，祝好头疼得厉害，大概是在网咖里抽了太久二手烟，劲儿太大了。

走出房间，刘亚莉坐在沙发上缝自己的胸罩，其中一只钢圈扎出来了，刘亚莉看到祝好起来了，跟他说锅里热着稀饭。

祝好含混地答应了一声。

祝好喝稀饭，吃水煮蛋。

刘亚莉还在专心对付那只扎出钢圈的胸罩，说，你毕业了，得赶紧找份工作，我不能养你一辈子。

祝好说，我有工作了。

刘亚莉一愣，什么工作？

祝好说，打游戏，爆装备卖钱。

刘亚莉冷哼，那算什么正经工作？

祝好怼回去，我觉得比你干那个正经。

刘亚莉今天没发火，说，我听说这栋楼还要拆，这块儿要建个厂，要是这次拆，咱就光要钱，不要房子，咱搬走，我恶心这个地方，尤其恶心这栋楼。

刘亚莉哎呀一声，祝好抬头看了刘亚莉一眼，钢圈扎到了拇指，出了血。

从网咖里出来，祝好到取款机取了钱，进了商场，找到一家花花绿绿的内衣店，有些不知所措。

售货员看他一眼，问，你买什么？

祝好从袖子里慢慢扯出来一个钢圈钻出来的胸罩，说，买这个，跟这个一样大的。

付了钱，祝好做贼一样拔腿就跑。

开门声，关门声。

刘亚莉走出来，看着放在茶几上带着包装的胸罩，笑了，骂了句，臭小子。

她在沙发上坐下来，盯着胸罩看了很久，被劣质化妆品伤害的脸上，痘痕和皱纹组成不可解的形状，看起来格外沧桑。

房间里，祝好戴着耳机，听着里面的旋律，脖子跟着节奏晃。

刘亚莉在煎鱼，敲门声响，刘亚莉喊祝好去开门。

祝好打开门，铁哥和红毛站门口，一身酒气。

祝好问，铁哥，找我有事儿?

铁哥打了个酒嗝，不找你。

红毛说，找你妈。

祝好握紧拳头，瞪着红毛，眼含杀气。

铁哥拍他肩膀，你们两个有点矛盾，都是兄弟，今天他是来道歉的。先让我们进去。

祝好不动，堵着门，你们走。

铁哥把眼一横，看着祝好，不拿我当哥哥了?

祝好没说话。

刘亚莉煎好了鱼，放在茶几上，问着谁啊，就走过来，看到这气氛，拉了祝好一把，你朋友吧?

祝好没说话。

铁哥趁机拉着红毛进来。

两个人都不客气，看到茶几上的鱼，铁哥说，还没吃饭呢，那你们先吃。

祝好脸色不好看，刘亚莉拉着他，咱先吃饭。随后看铁哥和红毛，你们要一起吃点吗?

铁哥摇头。

红毛说，我啊，上面这张嘴饱了。

祝好要站起来，被刘亚莉拉住。

刘亚莉看着他，说，先吃饭。

铁哥和红毛盯着祝好和刘亚莉吃饭。

祝好吃得很慢，像要把碗和筷子都吞进去，刘亚莉像没事人儿一样，给祝好夹菜。

吃完饭，铁哥咳嗽一声，这么说吧，上次你给红毛弄掉了一颗牙，他心里过不去，让我主持个公道。我说都是兄弟，什么公道不公道。

红毛说不行，要是我不管，他就要找人攮你。

可你是我兄弟，我不能不管，闹出人命来不是事儿。

红毛也答应，尽量和平解决。

铁哥看了红毛一眼，你自己说吧。

红毛拍出两千块钱，说，你妈是卖的，有卖就有买，这是两千块钱。

刘亚莉听明白了，还没说话，祝好就猛地站起来，青筋再一次暴出来。

红毛又指了指桌上的钱。

祝好要动，铁哥拿一把刀横在了祝好脖子上，刀开了刃。

铁哥说，别动手，我说过，和平解决。

刘亚莉拉了一把祝好，你别动。

祝好身子因愤怒而发着抖。

刘亚莉对着铁哥说，孩子不懂事儿，伤了人是孩子不对，你看要赔多少钱？

红毛说，我不要你的钱，我要给你钱。你进屋吧。

刘亚莉说，这事儿闹的，不至于，你说个数吧。

红毛说，我说了我不要钱。干一行爱一行，你也不用害臊，这个小区能站起来的男人都来过吧，你害什么臊。

祝好眼睛红了，像野兽。

刘亚莉说，行，有什么事儿冲我来。都好说，别动刀子。

然后又对着祝好说，你别动。

接着对红毛说，你跟我进屋吧。

厕所里，蒸着热气，祝好躺大木盆里，身上的骨头疼。

花玻璃门外，刘亚莉蹲在地上擦地，洗衣机还在轰鸣，声音挺大。

刘亚莉隔着玻璃门说，你多洗几遍。

祝好说，我知道。

祝好和刘亚莉坐在阳台上，刘亚莉给了祝好一支烟，祝好犹豫了一会儿，接过来。

两个人沉默着抽烟。

祝好被呛得直咳嗽，这什么？

刘亚莉说，姓祝的留下来的。一直没抽。

祝好一愣，那个人死哪里去了？

刘亚莉说，他有老婆，我也是怀孕之后才知道的，他连夜跑了，留下五百块钱，还有这么盒烟。

祝好抽了两口过期烟，又咳嗽，说真垃圾。

刘亚莉说，其实也没事儿，你长大了。

又沉默了很久。

祝好突然想到什么似的，问刘亚莉，我听说我出生之前，这地方有条龙掉下来了？

刘亚莉说，是听说过这么个事儿，我也没见过。

祝好问，龙也能掉下来？

刘亚莉说，那怎么不能？太旱了，没水，龙飞不动了，就掉下来了。

祝好问，那后来呢？

刘亚莉说，那时候这楼还没建起来，还是个村子，看着龙掉下来，围着密密麻麻的绿豆蝇，那个惨啊，一看肚子，还鼓着，是有孩子了。那条龙想飞起来，拼命使劲儿，身子就在地上鞭子一样抽，身上都是血，绿豆蝇最喜欢血，见了血怎么都不散。

村里人就从家里带着锅碗瓢盆跑过来，往龙身上泼水，有了水，龙就能活，龙要是不渴了，就能飞起来。

祝好问，那后来这条龙飞起来了吗？

刘亚莉说，泼了水上去，龙就有动静了，阴了天，起了风，打了雷，旱了这么久，一下子就下雨了，一下雨那些绿豆蝇就都散了。那条龙慢慢就有了力气，风围着龙打旋儿，龙就飞起来，飞进乌云里，就那么不见了，然后就电闪雷鸣，下了好几天大雨，河水都涨了。

    祝好心驰神往，说，真想看看。

    刘亚莉说，那有什么好看的？天上掉下龙来，就是年景不好。我不愿意你也赶上不好的年景。

    祝好抬头看着刘亚莉，妈，你以后别干这个了，我挣钱养你。你要是觉得打游戏不挣钱，我可以去干别的。

    刘亚莉看着祝好，点点头。

    祝好说，妈，我以后不姓祝了，姓刘，刘好。

    刘亚莉说，行。

    两个人就都不说话了。

    蛋糕摆出来，精致可爱，上面插着数字18的蜡烛。

    刘亚莉说，儿子你十八了。

    刘好说，我终于长大了。

    刘亚莉说，许个愿吧。

    刘好说，我希望我们一切都好。

    刘好吹灭了蜡烛。

    刘亚莉递过来一个包了包装纸的盒子，是生日礼物。

刘好说，我不舍得拆。

刘亚莉说，那你就想拆了再拆。

刘好看着刘亚莉的房门，房门紧闭，问刘亚莉，妈，我们怎么办？

刘亚莉说，你不用管，我有办法，晚上你去你沈姨家睡。

刘好去看刘亚莉，隔着玻璃跟她说，妈，拆迁款我存银行了，我听你的，我离开这儿，我挣钱，买个房子，等着你。

刘亚莉说，好。

刘好说，妈，我再跟你说个事儿。

曼哈屯小区要拆迁了，三栋楼人去楼空，只剩下个空架子。

夜里，一号楼突然就着了火。

救火的人都说是电路老化，电起火。

火烧得旺，像是要把天空也点着。

刘好脚上蹬着一双红色的AJ球鞋，站在那儿看，脸被火烤得滚烫。

烟和火你追我赶，空气被扭曲，一切都不真切起来。

火势太旺，消防车还没赶来，围观的人们爱莫能助，都安静下来，驻足观看，把着火的旧楼当成一番盛景。

火光映射中，每个人的脸看起来都莫名庄严。

刘好站在那里，袖着手，眼睛被熏得眯起来，看到火焰蒸腾中，一条巨龙腾空而起，在火焰中游移，蜿蜒了一会儿，钻进火里又钻出来，随后就遁入了天际，不知所踪。

刘好戴上耳机，旁若无人地跳起舞，火光加入了他，映照出他舞动的影子。

火还在烧。
烧完之后，一切都会干净起来。

炼山

炼山是林业工程术语，造林之前要放一把山火，烧掉杂物，让土肥起来，消灭害虫，不然种下去的树苗长不起来。

四十二岁的任有树,已经不太习惯一下子说这么多话。

他面无表情,语气迟疑,字斟句酌,说两句就抬头看看面前的张律师,生怕自己说错什么。

张律师就鼓励他,你想到什么就说什么,不要拘束。案子时间有点长,你想不起来就多想想,细节越多越好。

任有树连连点头,点头的幅度过于大,每次都像鞠躬,露出已经严重脱发的头顶。

张律师问,你腰是怎么回事?

任有树斟酌了一下,说,判刑以后,就去了新疆戈壁滩,跟着生产建设兵团在劳改农场劳动,为了减刑,就抢着干重活,那时候人小,不会使劲,扛着木料起猛了,把腰伤了。

张律师记录的笔停了停,抬头看着他。

任有树以为自己说错了话,连忙闭嘴。

张律师说,你接着说,现在从头说。

任有树又点头,说,我爹那时候就跟我现在岁数差不多,他叫任建设，在南方承包荒山，炼山种树……

炼山是林业工程术语，造林之前要放一把山火，烧掉杂物，让土肥起来，消灭害虫，不然种下去的树苗长不起来。

任建设炼山多年，经验丰富，点火之前，在荒山周围挖沟建堤，控制火焰的态势和走向。再三检查之后，任建设扛着铁锹上了山，找到最合适的点火点，把火点上。火势开始不大，像一阵掉在地上的黄风，顺着山风烧下去，黄风就变成了黄云，随后成为赤焰，火势所到之处，烟雾都来不及腾起来，就先烧着。风助火势，远远看上去，像黄云已经点燃了整座荒山，山川开始燃烧起来，透出一股泥土烤熟的奇妙香味。

第二天，等火势灭掉，焦黑的土地凉下来，任建设带着树苗来，树苗娇小，一棵树种下去，给焦黑的荒山添不了一点绿，一瞬间就被荒芜吞掉。

但一棵一棵种下去，时间会赋予树苗神力。

一百棵树苗种下去，远远地看，荒山也有一点绿了。

回到住处，传达室大爷跑过来，说有电话找。

任建设没来得及喝口水，就跑去传达室接电话。

电话那端声音带着沙沙声，语气不祥，说，你儿子杀人了。

1983年夏天,任有树十七岁,刚刚长起来,总觉得燥热,身处的这个夏天,比以往任何一个都让人爱出汗。

操场上,书包堆起来,男孩子们穿着背心踢球,女孩们围在一起叽叽喳喳,梳着双马尾,有人穿裤子,有人穿裙子,凉鞋也五颜六色,凑在一块儿就像一朵花从里到外开出来。

学校建的时间挺长。

前些年雨水又多,雨水一泡,许多教室和宿舍就成了危房,不是墙上裂了缝,就是屋顶漏了水。

眼看着情况紧急,学校怕伤到学生,就把这些危房都空出来,安排改建。

危房不少,一时间教室不够用。

学生们只好尽可能地集中在一起上课,这让原本拥挤的教室,更满满当当。

三叶片的吊扇把照进来的太阳光切碎,重新组合,照在每一个正在发育的年轻人身上。他们额头和脖颈上都是汗珠,头发黏在前额上,每个人看起来都有那么一点心事。

有人偷偷嚼舌头,说,你们都不知道吧?咱这学校,建得早,那时候物资匮乏,鬼跟人抢地盘。

旁边的人就问,什么叫鬼跟人抢地盘?

那人就说,听说过"平坟开荒,向鬼要粮"吗?

人人摇头。

那人说,就是把坟地平了,变成耕地,坟地里刨出来的青砖,不能浪费,就给咱建了学校。你们没感觉教室里总是冬暖夏凉吗?

听到这里,人人都感觉平地起了一阵妖风,个个都想打冷战。

任有树在速写本上涂涂抹抹,眼睛盯着一个地方看。

从这个位置,他只能看见隋斐然的背影。

他比任何一个人都更早地注意到,除了体育课,隋斐然大多数时间都穿裙子。没有人知道隋斐然有多少条裙子,她就像是打劫了一个春天的花瓣儿,把花瓣儿都抢过来做成了自己的裙子。

隋斐然不算瘦,甚至有点健壮,拥有北方女孩的体格,背很厚,线条也好,很匀称。

她剪了齐耳短发,连衣裙下露出小腿,小腿上穿着白色丝袜,看起来很洋气。

隋斐然的背影,落在任有树的速写本上,他举起来,比对着隋斐然看了看,觉得很吻合,没听清讲台上老师在讲什么。

放学以后,隋斐然和女同学抱着书往外走,男同学骑着自行车打打闹闹,风一样经过女孩子们。

任有树骑得飞快,投弹一样,把速写本扔在隋斐然面前,都来不及看她一眼,就疾驰而去。

隋斐然捡起来,翻开看,每一页画的都是她,不过大都是侧面、背影,没有正脸。

旁边的女同学凑上来,看着速写本,都笑着说,追我们小隋的又多了个艺术家。

隋斐然看着速写本,笑了笑,没说话。

任有树话少,有个外号叫任闷子。

追求隋斐然的人里面,他是最不起眼的一个。

投递了速写本之后,他把自行车骑得飞快,风就成了梳子,头发在耳边猎猎作响,像旗帜。

他由衷地开心,即便心里也清楚,隋斐然不会对他有任何回应,但这又有什么关系?能把对隋斐然的喜欢投递出去,他就已经很满意了,好像这种喜欢是一块石头,压着任有树,投出去,就松了口气。

自行车穿过1983年的小镇,沉浸在隐秘幸福中的任有树并不知道,这是他青春期里最后一个夏天。

半夜,下大雨,临近女生宿舍的废弃公共厕所塌了,学生们冒着雨跑出来看,厕所半个顶都泄下去,砖瓦粉身碎骨了一地。

隋斐然就倒在一团污秽里,身上的连衣裙脏烂不堪,眼睛没闭上，脸上和身上都是擦伤。

学校在通知警察之前，就把现场围起来了，勒令学生们不要乱说话。

学校里死了人，学生们人心惶惶，都害怕随时成为下一个受害者。

警察赶来，老师们把围观的学生赶回宿舍。

警车车灯照着，警察拿着相机拍现场。

隋斐然的父母、奶奶赶过来，看了一眼，就都倒在地上，互相拉扯着哭，哭声里都带着血。

警察把尸体收走。

当天晚上，听见动静的学生都没睡着，就听着外面的雨声敲在屋顶上，格外凄凉。

第二天天一亮，任有树把自行车蹬得飞快，他的脸和眼都红着，汗从脸上滚下来，短袖衬衣湿透了，像塑料布一样贴在身上，脚跟不上脚蹬子，脚面上扯下一块皮，露出一块白肉，他也感觉不到，只是拼命往前蹬，经过五金店，经过面馆，经过建筑工地，他都没有停下来。

最终，在下大坡的时候，自行车像是赌气一样失了控，他脚下一松，车把就歪了，自行车比他先飞出去。他跌在地上，肩和脸朝下，在水泥路上磨出去几米，衣服磨破了，血像是还没有反应过来，一时半会儿没有流出来。自行车溜出去一段路，撞在电线杆子上，倒了，车轮还在转。

任有树躺在地上，意识好像还留在自行车上，他想哭，却哭不出来，等他终于感觉到疼了，泪和血就一起流了出来。

警察判断，塌方厕所不是第一现场，隋斐然是被杀死之后，拖进塌方厕所里抛尸的。

凶手是强壮男性，有力气。

尸检结果很快就出来了，隋斐然死于窒息，身上大面积挫伤，阴道口反复撕裂。

在隋斐然的书包里，找到了一本速写本，上面画的都是女孩的侧面和背影。

学校配合警察，排查所有和隋斐然认识的、有关系的同学。

隋斐然的舍友说，隋斐然当天晚上洗漱回来，一直在看那本速写本，快熄灯的时候，她又出去了，打扮过，脸上还涂了粉，带着书包出去的，不知道要见谁。

任有树的舍友说，任有树晚上回来得晚，回来的时候脸通红，急匆匆地就上了床，换衣服时还把衣服包起来，塞进了床底下，问他,他也不说话。

同学们回忆起来,都说任有树话少、奇怪,经常盯着隋斐然看,一看眼睛就直,上课还偷着画隋斐然,不怀好意,一看就是流氓。

任有树塞在床底下的裤子,最终成为关键证据。

被警察带走的时候,背后的同学指指点点,似乎早有预见一般地议论,任闷子一看就不是好人,这人邪性。

任有树脑袋一直是蒙的,他谁也看不清,谁也认不得,两只脚也站不住,隋斐然还在他眼前,穿着连衣裙,他记得她每一条裙子,他不能相信,这个女孩永远地不见了。

张律师递给任有树一根烟,任有树不敢接。
张律师说,没事,可以抽。
任有树这才接过来,横在鼻子前闻了闻,然后才叼在嘴里。
他身子不敢向前倾,规规矩矩地等着张律师的打火机送过来,点上烟,狠狠地吸了一口,说,在外面还没学抽烟,在里面捡烟屁股抽,学会了,还有了瘾。人,就这么点事。
张律师问,接着说说你爸的情况。

任有树被烟呛得眯着眼,说起他父亲来,说话就更慢了,我父亲来拘留所看我,他问我——

是不是你干的?

任有树摇摇头。

任建设盯着他看,你说话。

任有树直视父亲的眼睛,说,不是我。

任建设看了任有树一眼,说,我知道了。

任建设带着材料,跑法院,得到的回复是你可以请律师,判案讲究的是证据,有证据就不会误判。

律师说,现有的证据对任有树不好,需要有利的证据。

任建设带着证明材料去了学校。

学校里气氛肃杀,飞过的鸟翅膀都扇得很轻。

学校宣传栏上,贴着犯人游街示众、刑场枪毙犯人的真实照片,照片上武警端着钢枪,死刑犯倒毙在地上,血肉模糊。

男孩子们模仿警察端着枪的模样,女孩们经过宣传栏都不敢正眼看。

任建设想见任有树和隋斐然的同学。

但学生都躲着他走,不肯跟他说话,没有人愿意跟杀人犯扯上关系。

任有树的位子空出来，没有人敢坐，他的同桌都把桌子尽可能移开。

如果有可能，他们不会愿意呼吸同一片空气。

学校里已经提前给任有树判了刑。

任建设在学校里碰了壁，没有人相信任有树是无辜的，他们觉得任建设也有罪，生出来个杀人犯，不是罪是什么？为什么不把杀人犯的爹也抓起来？

任建设从学校里出来，自行车车胎被扎了，他推着车走在街上，有一阵凉意，他突然就意识到，这个夏天就要结束了。

隋斐然父母住的居民区墙上，贴着通缉令和死刑犯的判决公告。

任建设盯着其中一张判决公告看了一会儿，死刑犯名字上用粗红线打了个叉。

敲开房门，一个男的迎出来，问，你找谁？

任建设说，我是任有树的父亲。

男人身子僵了僵，任建设还没能继续说话，里面的女人和老太太就先后冲过来，任建设眼前花了。

楼下，任建设坐在台阶上，脸和脖颈都被挠破了。

隋斐然的父亲坐在他旁边，递给他一根烟。

两个人就一起抽烟，长久无话，只有烟雾飘上来。

一根烟抽完，任建设说，我的孩子不会说谎，不是他干的。

隋斐然的父亲没说话，他默默把烟抽完，站起来，说，我们以后都是没孩子的人了。

说完，他往回走，背影矮下去。

任有树说，因为我当时不满十八岁，一审判了劳教一年，一年以后，转入监狱，无期。

我爸不认，树也不种了，准备上诉材料，要上诉。

二审维持了原判。

判决了，任有树心里反倒是有块石头落下去了，等着安排监狱之前，先要游街——

任有树被绑在解放卡车上，脖子上挂着一个牌子，上面用黑色粗体字写着：强奸杀人犯，任有树。

字写得很凶。

卡车上不止他一个人，犯人排了一整排，他们都挂着牌子，戴着脚镣，脸色木然。

警车开道，解放卡车开得慢，街道两侧都是围观群众，他们在说什么任有树听不清，只觉得头顶上的太阳耀眼。

他成了一个警告，老百姓把他当成了风景看。

监狱不够用，任有树所在的劳改营是面粉仓库改的，墙壁上还留着"安全生产"的字样。

强奸犯在监狱里受歧视，任有树常被人打，大多数时候，他都忍着，不跟人起冲突，不然会被扣分，不符合减刑政策。

任建设来看他。

他看着任建设的腰弯下去，脸上也没了神采。

他说，爸，算了。

任建设摇头，你没犯罪，我得找到明白人给你说清楚。

任有树不想说这个，就问，你树种得怎么样了？

任建设说，等你出来，跟我一块儿种，树这个东西有意思，是吃日子才能长起来的。

任有树说，你炼山的时候小心点，看着点火。

任建设说，我懂火。这人就跟荒山一样，都要炼炼，现在就是在炼你，山不炼不长树，人不炼不结实。

任有树睡不着的时候，就会想任建设这句话，他人在里面待着，就觉得自己周围都是火，他被这把火烧着、炼着，他心里想，只要这把火烧不死他，他就能更结实。

任有树说，等劳教满一年，我们监狱里的就都去新疆，生产建设兵团管着我们，安排我们进劳改农场。

戈壁滩环境恶劣，好在我当时年轻，能熬，时间一长，也就习惯了。

一待就是好多年。

我脑子里就想着减刑。

有时候夜里睡不着，就想我爸，我给他添了负担。

任建设是法院的常客，每次和律师聊了以后，就跑到法院里和人交涉。

得到的回复都是一样，这都判了，板上钉钉的事儿，能改吗？

任有树所在的学校，高三的学生都送走了，危房也都改建了。

案发现场的厕所翻盖了，什么痕迹都没有了。

隋斐然的奶奶去世，隋斐然的父母搬了家，不知道搬到哪里去了。

即便是一桩惨案，提起来的人也渐渐少了，成了旧闻。

好像一时间，就只剩下任建设一个人。

他胡乱吃，胡乱睡，人也瘦得厉害。

任建设准备了材料，要往上告。

被当地政府拦下来，苦口婆心地劝，这事儿谁也改不了。你也不是看不到，报纸上、电视里，有多少判死刑的？人家家里人闹了吗？都服从。五毛钱的子弹费都交了。咱孩子毕竟没判死刑，只要减刑，过个十几年，出来了还有大把的日子可以过。

任建设不管，第二天照旧。

张律师问任有树，你再复述一下案发当晚的事情，尽可能详细、准确。

任有树沉默了好一会儿，又想起隋斐然，记忆中她还是那时候的样子，一点都没变。

放学以后，隋斐然经过任有树，把一句话丢进他耳朵，晚上我在宿舍楼下等你。

当天晚上，任有树看见隋斐然穿着裙子向自己走来，她脚底下像踩着云，走得连看着她的任有树都站不稳，他努力让自己看起来不那么慌张。

等隋斐然走近了，他已经紧张得后背起了一层汗。

隋斐然背着手，身子前倾地看着他，也不说话，只是笑。

任有树被看得低下头去，觉得隋斐然像一个电熨斗，烤得自己朝向她的那一面越来越烫，汗滴进眼睛里，蜇得疼，他连眼睛都睁不开了。

隋斐然大概是注意到了任有树的窘态，她开了口。她说，你画的我，我都看了。

任有树更紧张了，他整个人都绷起来。

隋斐然说，我喜欢。我希望有机会让你面对面画我。

任有树绷得更紧了，他觉得快乐冲昏了他，他周遭的世界都开始旋转起来。

隋斐然掏出手绢，给任有树擦去滴进眼睛里的汗，手碰到他滚烫的脸，他紧绷的身体陡然间就松弛下来，他闻到她袖口里的味道，他接触到了她的皮肤，这样的事情，在白天还跟他有万里之遥。

隋斐然的手不知道什么时候又背到后面去了。

任有树也不知道她是什么时候跟他挥手告别的，等他反应过来，隋斐然已经留给他一个娇小的背影，混入深沉的夜里。

他想喊，却没能喊出声来，他开始明白，快乐是隐秘的，是极其私人的。

他觉得裤子里凉，低头一看，湿了一大片，他大窘，像是干了什么见不得人的事，只好匆匆往宿舍跑，羞耻还在身后追杀他。

夜里，他笑醒了好几次，好像把这辈子的笑容都在那个晚上用完了。

漫长的庭审，任有树脸上什么表情也没有。

最终法官宣判，证据不足，任有树强奸杀人罪名不成立，当庭释放。

任有树听完，脸上仍旧木然。

任有树走出来,太阳又高又亮,天又宽又阔,他微微弯着腰,像是仍旧有什么力量压着他,他有点承受不了天高云阔的力道。

张律师跟他握手,媒体蜂拥而至,用他没见过的长枪短炮对着他,灯光闪烁,迷了他的眼,他不知道自己身在哪里,他觉得夏天又来了。

任有树把无罪判决书大声读出来,像一封迟到已久的家书。

任有树没有了在里面说话时候的唯唯诺诺,他中气十足地几乎是喊出来:最高人民检察院认定,原审判决事实不清,证据不足,现改判任有树无罪,国家赔偿、追责同时启动……

任有树洪亮的声音回荡着。

任建设活着的时候,没有亲眼见证自己儿子清白归来。六年前,任建设突发脑溢血,倒在一个没开门的小卖店门口,手里还抓着厚厚一沓上诉材料。

但现在任有树用尽力气,把每一个字都喊得清晰、洪亮,让声音既可以传到云层上去,也可以传到黄土里去,最终传到任建设的耳朵里。

任有树念完,把这封判决书在任建设坟前烧掉,他的前半生在此结束。

记者还在问他,以后有什么打算?

任有树说，我想去种树。

如今，任有树也到了父亲的年纪，他只身一人，到了父亲炼山造林的地方。

荒山上，父亲当年种下的树已经长起来，树木粗壮，向着太阳奋力生长，大片的绿色和大片的荒芜并列，一样刺眼突兀。

现在已经不让炼山种树了，说是炼山破坏生态环境，现在种树有更好的办法。

任有树决定把剩下的树种完，用这些郁郁葱葱的树苗，吃着日子，一片一片地填满眼前的荒山。

有了这个念头之后，太阳就从云层里钻了出来。

哑父

我喜欢这个地方,我喜欢这些盐,盐比什么都干净。
麻烦你跟我闺女说,我不回去了。

我来报警。

我父亲杀了我丈夫，跑了。

我丈夫现在就在人民医院太平间里躺着。

身份证上，报警的女人叫满红霞。

吴警官直起腰来，以为自己听错了，重复确认，你是说，你父亲杀了你丈夫？

满红霞点头，用榔头，敲的脑袋。

太平间。

吴警官看着赤裸的男性尸体，吕三昌，电焊工，三十一岁，遭钝器反复击打头部而死，整个脑袋血肉模糊。

这是两个月以来，吴警官第一次走出公安局。

接警接了两个月，他觉得自己迟钝了，像一把生锈的钝刀，直到现在又看见了血和尸体，刀上的锈才退掉，露出刃来。

前妻说他这个人残忍,他现在有点认同这个说法。

案发现场在一栋老小区的居民楼里,打开防盗门,水就涌出来,沿着楼梯往下淌,楼道里的住户都跑出来围观。

屋子里漂着拖鞋、脸盆、烟头、瓜子皮。

水没到脚踝,湿透了吴警官新买的皮鞋。

楼下的住户天花板在下雨,找上来,看到了警察,又听说死人了,气势没了,愣在原地,不敢往前一步。

满红霞说,我爸跟他打起来的时候,爆了水管,当时吕三昌还有气,我顾不上管别的,先打的120。人在救护车上就死了。

吴警官觉得不合常理,问她,为什么打起来?

满红霞说,吕三昌要杀我。

吕三昌是个氩弧焊工,脾气不好,在厂里打了人,厂里要开除他,他当着车间主任的面,用剪板机剪断了自己的两根手指。

觍着脸问车间主任,现在还开除我吗?

伤残鉴定出来,二级伤残,厂里赔了钱,留下他在车间里监工,从此,没人敢惹他。

吕三昌喜欢喝酒,逢喝必醉,喝多了,回家就手脚并用地打满红霞。

嘴里念叨着，我让你不生儿子，我让你不生儿子。

满红霞身上到处都是疤，最长的一道，在头顶上，已经长不出头发了，风一吹就凉。

吕三昌踹她小肚子，她没躲开，头撞在了暖气片的尖儿上，撕开了头皮，缝了十几针。

满红霞报了警，吕三昌被抓进派出所，拘留了十五天。

出来的当天，吕三昌酒喝多了，回到家，踹开门。

满红霞坐在马扎上洗衣服，吕三昌揪着她的头发，在屋子里拖来拽去，满红霞就像一个拖把。

满红霞提出协议离婚，给吕三昌看离婚协议，说，我也给你生不了儿子，你就放了我吧。我什么都不要，你签了字，我现在就走。

吕三昌坐在那里，灌了半瓶二锅头，嘿嘿干笑，站起来转身进了厨房，拎着一把菜刀回来，小拇指按在离婚协议上，剁了一刀，满红霞瘫在地上，脸色煞白。

吕三昌问，还离吗？

满红霞不敢说话。

吕三昌把断指插进一卷卫生纸里，血很快就把卫生纸染红了。

他看着满红霞，很平静地说，离婚，咱就一起死。

吴警官皱着眉头，问，你没跟家里人说？

满红霞摇摇头，我妈死得早，我爸是个哑巴。我跟我爸很多年不来往了。

吴警官问，为什么？

满红霞没有说话。

一个年轻的警察小王敲门进来，凑到吴警官耳边说了几句话。

吴警官点点头。

小王出去。

吴警官看着满红霞，说，暂时还没找到你爸。

满红霞说，我不知道他去哪儿了。

吴警官问，你刚才说，你跟你爸关系不好，为什么？

满红霞说，我十岁的时候，我爸犯了事儿，被抓进去，一蹲就是十几年，等他出来我已经结婚了，我妈死之前一直念叨他，他也没见上。我没觉得自己有个爸，我的事儿也不用他管。

吴警官记在笔录上，又问，那天到底出了什么事儿？

满红霞说，吕三昌说他的摇钱树跑了。

婚离不了，满红霞也不愿意在家待着。

她想找个地方上班，就去找自己的发小，任长发。

任长发小时候得了小儿麻痹，走路有点瘸，一直没结婚，现在还单着。

任长发在人民医院门口开了寿品店，卖白事用的东西，缺个售货员，就把满红霞留下了。

有一天，天还早，满红霞还在整理新到的一堆纸人纸马，任长发就把卷帘门拉下来。

光一下子暗了，满红霞抬头，看着任长发。

任长发也没说话，一瘸一拐地凑过来抱她，她脚下一软，一屁股坐在一具寿棺上，任长发压过来。

满红霞推他，说，你别这样。

任长发乱拱，胡茬儿蹭得满红霞脖子生疼。

任长发说，我从小喜欢你，当年要不是你妈嫌我是个瘸子，你现在就是我老婆了。

说完，又补了一句，你要是我老婆，我能舍得动你一根手指头？

满红霞心里一软，一直推着任长发的手就松开了。

纸人纸马看着这对凡人不管不顾地撕咬对方，两个人制造的热气使店里的镜子都起雾了。

满红霞站在镜子前穿衣服，任长发看到她身上都是疤，眼眶湿了，凑过去，问，都是他打的？

满红霞点头。

任长发眼泪掉下来。

满红霞看在眼里，说，不至于，大男人哭什么，我都不哭。

满红霞问他，你干吗要在店里放这么大一面镜子？

任长发说，这里靠医院近，晦气多，镜子能把晦气都反射出去。

满红霞看着镜子里的自己，发了一会儿呆，说，我得回去做饭了。

满红霞说，有一天，店里的表停了。我和任长发就忘了时间，累了，就睡着了。

吕三昌找过来，猛踹卷帘门，喊满红霞的名字。

满红霞和任长发先后醒过来，满红霞扯过来一件衣服，挡在胸前，两个人都不敢出声。

吕三昌踹了半个多小时，可能是踹累了，就不踹了。

满红霞和任长发听着外面没动静了，都松了一口气。

满红霞急匆匆地穿好衣服，拉开门，就看见吕三昌蹲在那儿抽烟。

吕三昌走进寿品店，踹踹棺材，捏捏烧纸，扯扯寿衣，问任长发，生意怎么样？最近死的人多不多？

任长发嗫嗫嚅嚅，一直在那里发抖。

满红霞拦在任长发身前，跟吕三昌说，我们回家吧。

吕三昌不说话，甩了满红霞一个耳光，满红霞脸颊发烫。

任长发不敢动。

吕三昌跟他说，你睡我老婆，这事儿怎么算？

任长发看看满红霞，不敢说话。

满红霞说，有事儿咱回家说。

吕三昌又是一个耳光打过来，力气大，满红霞跌在地上。

任长发往角落里缩。

吕三昌说，这样吧，你给我拿两万块钱，这事儿就算了。要是不拿，咱三个今天都死在这儿，反正什么都是现成的。

自动取款机前，任长发取了两万块钱给吕三昌。

吕三昌接过来，拿着钞票甩了甩任长发的脸，问他，我老婆怎么样？

任长发不敢抬头。

吕三昌很满意，把钞票揣进口袋里，背着手往前走。

满红霞看了任长发一眼，跟在吕三昌身后走了。

任长发看着他们走远，这才扶着树吐了。

第二天，满红霞做好早饭。

吕三昌一言不发地吃完，看着满红霞还在那儿坐着，就说，你怎么还不去上班？

满红霞呆住，说，我不去了，以后再也不去了。

吕三昌说，你得去，你照常去，现在就去。

吕三昌说，任长发就是我的摇钱树，我老婆不能让他白睡。

缺钱了，吕三昌就来找任长发，有时候拿七八百，有时候拿三五千。

任长发不敢不给。

满红霞求任长发，你带我跑吧？

任长发说，我腿瘸，跑不快。再说，我们跑哪里去呢？

满红霞回到家，吕三昌已经睡着了。

满红霞从抽屉里翻出来螺丝刀，凑近吕三昌，想攮死他。

吕三昌翻了个身，满红霞慌了神，把螺丝刀藏在身后，没敢下手。

半夜，满红霞被打醒。

吕三昌骑在她身上，抽她耳光，骂她臭婊子。

第二天，满红霞去找任长发，想跟他回老家。

到了寿品店，发现卷帘门拉着，上面贴着"转让"。

满红霞一下子坐在了地上。

吕三昌发现任长发跑了，气急败坏，拉着满红霞打了一整天，打累了，就抽个烟，抽完了，接着打。

邻居听到动静，都知道吕三昌为人，不敢来劝。

满红霞不知道该找谁求助,趁着吕三昌抽烟,就拨通了她父亲满天望的电话。

满天望接到电话的时候,正骑着三轮车,拉着一个马桶,去给人家安装。

他听到女儿的惨叫声从电话里传出来,眼睛通红,他先天性失声,干张着嘴,一点声也发不出来。

他掉转车头,把油门扭到底。

吕三昌把满红霞踩在脚底下,满红霞鼻子里都是血,染红了吕三昌的袜子。

门被撞开,被闪倒在地上的,是满天望。

满红霞看到老父亲从地上爬起来,她在自己意识涣散之前,叫了一声爸。

吕三昌看到满天望,吐了口唾沫,站起来,斜着眼看着他。

满天望看看倒在地上奄奄一息的女儿,转身把门关上,反锁了。

吕三昌这才看到满天望手里握了一把榔头。

满红霞说,我醒过来,就听到"砰、砰、砰"的动静,我爬过去看,厕所里水管裂了,往外喷水,喷得到处都是。我爸满身是血,拿榔头敲吕三昌的脑袋,砰,砰,砰……我爸看见我,榔头悬在半空,我们对视了一会儿,他轻轻地把厕所门关上。

救护车上，三个人都直挺挺地躺着。

满红霞看到满天望突然欠起身来，他拿起满红霞的手，在她手心上用血水写了个110。

满红霞抬头看着满天望，满天望又指了指自己，对她点点头。

满红霞眼泪涌出来。

满天望摸摸她的头，推开车门，跳下了车。

满红霞看着满天望就地一滚，滚在地上，半天没爬起来。

等他好不容易爬起来的时候，救护车已经拐弯了。

吴警官很久都说不出话来，烟灰缸里全是烟屁股。

晚上回到家，吴警官坐在沙发上，电视里正在放文艺晚会节目，歌舞升平的。

电视柜上，放着女儿的照片，她眼神无辜地看着吴警官，好像在问他，爸爸，为什么我刚来这个世界不到三年就又走了？

他有点想给前妻打个电话，找出来号码，犹豫了半天，电话还是没打出去。

他扔下手机站起来，走进厨房，关上厨房门，打开抽油烟机，在抽油烟机的轰鸣声中，点了一根烟。

这么多年了，他还保持着这个习惯，好像老婆和女儿都还在客厅里看文艺晚会。

第二天，局里说在监控里发现了满天望。

他跟着一个去江苏的旅行团，跑出去了。

海滨高速公路入口设了卡，警察冲上去，发现满天望不在车里，脱团了，沿路的监控都没拍到他。

所里要发通缉令，吴警官突然说，我带人去追他。

小王站起来，说，我跟你一起去。

五十多岁的满天望，没出过远门，没去过南方。

他听说南方天气暖和，冬天不用暖气，很少下雪，北方穿棉袄的时候，南方人还穿着短袖。

他在电视上看到过，他们吃肉馅的粽子，他不理解为什么会有肉馅的粽子。

此刻，他坐在小巴车上，正往南方去，透过玻璃窗往外看，北方的一切都往后倒退，他心里还有一点兴奋。

小巴车开进服务区，满天望撒了个尿，站在那里抽烟，他抬起头，看到服务区里好几个摄像头，有一个正对着他，他没躲，就站在那儿把烟抽完。

身后是一座不高的小山，不知道叫什么名字，山顶上都是墨绿色的，树长得真喜人，这就跟北方的山不一样，北方的冬天，山总是光秃秃的。

他已经感觉有点燥了，棉袄里藏着一股热，皮肤上起了一层汗，他把春秋衫从秋裤里扯出来，让这股热散掉，觉得很舒服，就连身上的伤也没那么疼了。

局里派给吴警官和小王一辆警车，两个人替换着开，要尽快追上满天望。

小王年轻，精力旺盛，几乎不需要睡眠，要不是吴警官一定要他睡一会儿，他坚持要连着开一天一夜。

临走之前，吴警官跟局里说，派两个人看着满红霞，这事儿还没有定论，一切都要等抓到满天望再说。

吴警官和小王赶到监控拍到满天望的服务区，两个人吃着泡面，小王接了个电话，跟吴警官说，满天望坐的小巴车是去青岛的，就是不知道他中途会不会下车。绕了这么一大圈，他这是要去哪儿呢？

吴警官说，你和局里联系，看看还有哪里的监控拍到了。

小王打了一圈电话，说，目前还没有拍到，怎么办？

吴警官把泡面汤喝完，打开手机放大缩小地看地图，看了半天，跟小王说，我们先上滨莱高速吧，这里不好拦车，他应该不会半路下车。

满天望在车上展开一张地图看，一根手指在上面画来画去，快到检查站了，他比画着要下车撒尿，然后撑着栏杆，动作麻利地翻下高速公路。

满天望在国道上拦车。

一时半会儿没有车停下来,他就靠在路边看地图,嘴里嚼着压缩饼干,每口只吃一点点,这是他在号子里学的本事。

那时候吃不饱,半夜总是饿,吃饭的时候他就把馒头捏扁,藏起来,半夜醒来,躲在被窝里一点点啃,这种吃法最扛饿,而且能保持头脑清醒。

一辆面包车停下来,他合上地图,走过去,脸贴上车窗,指指自己的嘴巴,从口袋里掏出一个本子,打开,举高给司机看,上面写着:搭车。

坐上面包车,好心的司机递给他一瓶水,他接过来,喝了一口,翻口袋,掏出五块钱递给司机,司机摆摆手,专心开车。

满天望坐在副驾驶的位置上,翻开本子,里面有一张满红霞小时候的褪色照片。

警车在路上疾驰。

小王接到电话,跟吴警官说,监控拍到了满天望,他进了盐城。

吴警官正在打盹儿,一下子醒了,让小王快点开。

警车在半路上抛了锚。

小王打开车盖,鼓捣了半天,满脸油污,走过来跟吴警官说,不知道哪里的毛病,要不叫道路救援?

吴警官气急败坏,骂了一句,什么破车。

往后看,举起手拦车,车不但不停,还开得更快了。

吴警官掏出枪,对着天开了两枪,一辆私家车猛地刹了车。

小王傻了眼。

吴警官亮了亮证件,就拉开车门上了车,探出头跟小王说,你叫救援,我先去追,电话联系。

私家车开到了海边的盐场,盐场里,晒好的盐堆成一座一座的盐岭,高低错落,看上去特别壮观,有点像南极的冰山。

吴警官下了车,私家车赶紧溜了。

吴警官饿得肚子咕咕叫,远远看到一家兰州牛肉拉面馆,就往那里走。

吴警官进了拉面馆,要了一碗面,坐下来刚吃了两口,就看到他前面的座位上,一个五十来岁的男人正在吃面,是满天望。

吴警官眼睛盯着满天望,大口吃面。

满天望吃完,把面汤也喝了,交了钱就走出去。

吴警官扔下二十块钱,起身跟出去。

满天望被盐场里的盐岭吸引,他眯着眼睛看。白色的盐岭在太阳底下闪闪发光,工人们正在往上堆盐,空气中都是咸味儿。他深吸了一口气，觉得这股味道能给他的呼吸道消毒。

满天望往盐岭走。
吴警官就跟在他后面。
满天望没察觉，一直走到海边，站在盐岭中间盯着海看。

吴警官走过去，站在他旁边，没说话。
满天望侧过脸，看到了吴警官，摸口袋。
吴警官看在眼里，一只手摸上自己腰里的枪。
满天望摸出一包烟，递给吴警官。
吴警官愣了愣，接过来，抽出一支叼在嘴上，找火机，没找着。
满天望的打火机递到吴警官嘴边，替他点上，然后给自己点了一根。

两个人站在盐岭中间抽烟，都安静下来，看着海浪过来又回去。
吴警官看着海，说，现在凡事都要注意个舆论，你跟我回去吧，你的案子要在原籍审。
满天望咬着烟，掏出笔和本子，沙沙地写，写完给吴警官看。

吴警官看着本子上字迹潦草，写着"不回去了"。
吴警官说，老满，你太冲动了，但我理解你的冲动，换了我，可能我也会动手。

满天望看了吴警官一眼,从本子里翻出满红霞的照片给他看。

吴警官点点头,我也有个女儿,后来生了病,走了。老满,你好样的,但杀人犯法。我得带你回去。

满天望也点头,想了想,又在纸上写,这次写得很长。

满天望生下来就是哑巴,连个声都发不出来。

算上这一回,这辈子就犯过两回法。

上一回是满红霞十岁那年。

满天望和老婆都下了岗,没收入。

满红霞得了猩红热,感染,发展成心肌炎,要动手术,需要一大笔钱。

家里能卖的都卖了,亲戚能借的都借了,还不够。

老婆在医院陪床,急得直哭。

满天望站在医院门口,抽了满地烟头,往红霞病房的方向看了又看,踩灭了最后一根烟。

回家拿了个榔头,满天望躲在银行外面,盯着从银行里走出来拎着包的人,看准了一个就跟上去。

走到胡同里,拦住,亮出榔头,给人看本子,本子上写着"要钱,救闺女,不害命"。

第三天,满红霞昏迷不醒,她妈正给她擦汗,病房的门被撞开,红霞妈妈抬头一看，满天望头顶上冒着血，手里拎着个布包。

满天望把布包塞进老婆手里，才昏过去。

满红霞出院那天，满天望被两个警察塞进了警车，他没有反抗。

那年赶上严打，满天望被判了十五年，后来在狱中表现良好，减刑三年。

出来的时候，老婆得病去世了，女儿嫁了人，不认他。

他把自己的手机号写在纸上，递给女儿，转身就走了。

直到那天，满红霞时隔多年再一次叫他爸。

吴警官看着满天望，不知道该说什么。

满天望对着他比画手语，吴警官不懂手语，但不知道为什么，他看懂了满天望的意思——

我一直想来南方看看，本来想去看西湖，新白娘子传奇嘛，但上错了车，到了盐城。盐城也不错。以前我不知道咱吃的盐是这么晒出来的。

犯法就要伏法，我懂。

我喜欢这个地方，我喜欢这些盐，盐比什么都干净，麻烦你跟我闺女说，我不回去了。

比画完，满天望左手里多了个榔头，猛地朝着自己的太阳穴敲了一下，力道出奇地大，在吴警官看来，他整个人飞出去，斜栽在了盐岭上，半个身子陷进去，盐埋了他大半张脸，血渗出来，慢慢把盐染红了。

吴警官觉得嗓子眼干得厉害，看着盐岭上的盐倾泻下来，盖住满天望。吴警官愣在原地，一动也动不了。

两年以后，满红霞所在的小区旧区改造，从墙壁里拆出一具尸体，经过警察鉴定，是任长发。

星尘里见

我们和亿万恒星都是由星尘组成的,
我们也终将化为星尘,
到时候所有分别的人都会在宇宙深处重逢。

清晨，余伟被父亲的电话吵醒，上了一整晚夜班，他总睡不沉，连梦都来不及做。

父亲在电话里说，你妈不见了。

余伟花了点时间才反应过来，常年熬夜使他反应有点迟钝。

余伟开着二手金杯面包车往家里赶。

他打着哈欠，双目赤红，挡风玻璃有点脏，看出去沿途更显凋敝。

路上行人稀少，这些年马路修修补补，四处都打着颜色不一的沥青补丁，两侧树冠稀疏，风一吹，就有叶子掉下来，像一群脱发的中年人在晨光里站岗。

面包车拐进村子的主干道，经过手套厂，手套厂里冒出刺鼻的胶水味。

从村口往里看，没有行人和狗出没，村子近乎静止，像一张JPG。

村子太老了，醒过来也需要一点时间。

轮胎卷起尘土，面包车一路飞驰，还没停稳，余伟父亲就迎上来。余伟拉了手刹，下了车，父亲跟他说，你二叔带着人在找，还没找到。

余伟问，打电话给我二姨了？

父亲说，打了，你妈没去。晚上睡觉的时候还在，早上醒来就不见了。我以为下地了。去看，地里也没有。

余伟开始担心起来。

李大爷说早上五点起来锻炼的时候，看到了余伟母亲，还跟她打了招呼，问她去哪儿，她就笑笑，说赶集。

可这个日子，村里、邻村都没有集，村里人也不会去更远的地方赶集。

一家子人都跑出来找，天气不好，参与寻找的每个人看起来都有点阴沉。

余伟想起来，前几天他打电话回来，母亲说，你下次回来把我腌的咸菜带回去吃，班上伙食差，不下饭。

余伟说好。

母亲腌咸菜是好手，手艺是跟余伟姥姥学的，余伟从小爱吃，不吃咸菜就吃不下饭。

别的就没说什么，余伟问她，你药吃了吗？

母亲说，吃了。见好。

余伟没察觉有什么异常。

家里人找了一整天，一无所获，二叔小心翼翼地问余伟，要不然报警？

父亲也拿不定主意，看余伟，余伟上班以后，家里许多事儿就让他做主。

余伟说，让我姨在他们村里再找找，有时候我妈愿意去姥姥坟上，跟姥姥说话。

余伟没往坏处想，兴许是母亲想一个人散散心。这几年给病闹的，她干什么都提不起兴致。上一次表现出兴趣来，还是给余伟四千块钱那一回。

余伟跟人打工，干了俩月，没拿到钱，债主把老板家里拆了，能搬走的全给搬走了，电视、洗衣机、冰箱先被抢了，轮到余伟，就剩下阳台上一副天文望远镜没人动，余伟就拿回家。

一开始就是瞎看，后来摸到了点门道，能从里面看到一些天体，木星和土星，土星有个环，都很模糊。

余伟经常大半夜不睡觉，看得着迷。

母亲问他，在看什么。

余伟就招呼母亲来看，母亲眼睛凑过来，看到木星，看了半天，说，就这么大一点，像一个剥开的松花蛋。这有什么意思？

余伟说，就是觉得远，特别远，远到人没法活着到那儿。

母亲想了想说，那地方太小了，去了也没意思。

余伟说，可不小，比咱的地球大。因为太远了，所以看不清，这个望远镜也不行，好的太贵，这个就只能看个大概。

母亲没说话，又盯着看了一会儿，看得眼睛也酸了，揉揉眼睛，回屋里。过了一会儿，她拿了一个布包给余伟，余伟接过来，打开看，里面有一沓钱，都是一百的，新旧不一，破损的地方用透明胶纸粘好了。

母亲说，我给人缝手套挣的，攒着也没用，给你买个能看远的。

余伟说不要，浪费，我这就是看个意思。

母亲没说话，就把钱按在余伟手里，跟他说，我先睡了，你也别太晚了。

余伟父亲在厂子里上班，一个月回家一两趟。

余伟在城里车间上夜班，一个礼拜就休息一天，平时就睡在单位宿舍，刚开始的时候，上完夜班累得要死，但就是睡不着，习惯睡前喝两口二锅头，当安眠药使，管用。周末就拼命补觉，一懒，就不回村了，母亲也不抱怨。

这两年，母亲话越来越少，跟余伟也不多话，聊几句家常就过去了。

情绪不好就给余伟腌咸菜、腌咸鸭蛋，流程复杂，每一个环节都很细致，沉默着做完，装坛，封起来，精神头似乎就好了一些。

天黑下来，父亲让余伟回家看看，别你妈回家了，我们还在外面乱找。

余伟跑回家，家里空空荡荡，像个空壳子。余伟拉开抽屉，看着里面五颜六色的药盒，上面写满了古怪的汉字，他觉得自己头疼得厉害。

靠墙放着的坛子里，都是母亲腌的咸菜，余伟熟悉它们的味道。

家里没有人，也没有母亲回来过的痕迹，余伟灌了两口凉水，又跑出去。

村子不大，前前后后一共有七口井，大小深浅都不一样。

有几口井出过事儿。

有个醉汉夜里喝多了，掉下去就没再上来。

有个小媳妇和婆婆赌气，一时想不开跑出去就往井里跳。

下大雨，井口塌了半边，像张开了一张嘴，向地面上的人间索要食物，吞下了半头老牛，老牛前脚失足，头朝下掉下去，屁股卡在井口，被找到的时候已经气绝而亡。

余伟在井口往里打手电,里面黑洞洞的,水面平静,没什么痕迹,余伟松了一大口气。

前两年,父亲跟他说,你妈不太对劲。
开始余伟没当回事,问父亲,怎么了?
父亲说,就是话少,觉也少,有时候整宿整宿不睡觉,就在那儿坐着。问她怎么了,她也不说。
余伟说,周末我拉着她去医院看看。

医生说,有点抑郁。
父亲觉得奇怪,没什么值得抑郁的事儿。
医生瞪了父亲一眼说,这是病理性的。
父亲有点惶恐,没有再问。
开了一堆药,嘱咐按时吃,吃了可能嗜睡,但没事。
回去的路上,父亲想明白了似的跟余伟说,你妈就是心小。
余伟看着母亲歪着头,透过车窗往外看,每个经过的行人她都多看几眼,不知道在看些什么。

母亲吃了药,精神头就好一些,就是有时候发愣,别人跟她打招呼,她不想说话,就对人笑笑。
村里就有传言,说余伟母亲痴巴了。痴巴的意思就是傻了。

医生说，吃药就能控制，不是大病。

余伟嘱咐母亲，一定要按时吃药。

母亲点头，说，没啥大事，不用害怕。

余伟这么大了，母亲跟他说话的时候，还是习惯像哄孩子一样。

余伟的确害怕起来。

夜深了，村子里灯光少，一起夜雾，能见度就更低了。

余伟跑进雾气里，喊妈。喊声回荡四周，除了虫鸣狗吠，没有回应。

余伟坠入雾中，在雾气里找人，有点像在夜空里找星星，辨认星座很难，要是天气不好什么都看不见，就好像星星也有脾气一样，不愿意被人看见。

余伟极力安慰自己，也许母亲只是赌气，气父亲，气余伟，气对她关心少，就找了个地方躲起来，吓唬他们。

有风呼啸，地里废弃的塑料大棚被风吹得张牙舞爪，雾气散了一点，周围黑暗里影影绰绰，树影石头组成许多古怪形状，狰狞如鬼。

小时候，余伟最害怕走夜路，害怕黑暗里的鬼影，每逢这时候他就拉紧母亲的手，母亲的手很软，对村庄的熟悉程度远远超过他，即使天再黑，也能带着他穿透夜色和迷雾，回到他终于熟悉的街道上。

他拉着母亲的手,听着母亲和自己的脚步声,斜了一眼远处的树影,各种"鬼怪"也只能在远处虚张声势,迫于母亲的威力不敢靠近。

要是余伟被突如其来的狗吠吓了一跳,母亲就拍他后背,喊他名字,跟他说,来家了,别害怕。喊三遍,余伟答应三声。如此一来,余伟被吓出来的魂魄就会辨明方向,回到余伟身体上,跟他们一起回家。

余伟来不及害怕鬼影,他心里有更害怕的事情。

抬头看到天边有星星亮起来,随后天光渐亮,晨光向余伟蔓延,像小时候观看烧荒草一样,火光由远及近,慢慢烧着。

余伟筋疲力尽,他坐到胡乱堆放的石碑前,失去了力气。

石碑是当年建村的村志,详述村子所从何来。杜宋两家氏族避难而来,选平坦处,建村一座,远处星垂野阔,低矮山丘蜿蜒,驻足村口由东向西望去,山丘如一匹骏马奔腾,故名曰:西马。

时过境迁,村民不太关心自己的过去,更多关心家族的未来,石碑也就废弃在此。

父亲和二叔找到余伟,三个人一商量,还是报了警。

警察来了,调村口的监控,没有拍到余伟母亲出村。

母亲好像消失在村子里了。

警察一来，事情就大了，发动全村人找。
找了两天，还是没找到。
余伟饿了就胡乱喝口水，吃几口馒头，到处找，脚上磨起了水泡。

村子本就不大，方圆一千两百户人家，村落前后都是耕地，周边有几座低矮小山，与土丘类似，一眼就能看穿。村子里一湖二湾，其中一个湾已经干涸，堆满了垃圾。
村后面有一个小火车站，是个货站，只走货车，每天傍晚一趟，轰隆而过。
临近火车站有一座水库，水库用于庄稼灌溉，日常存水，深不见底，水质浑浊，里面竟然也生出泥鳅鱼虾，甚至有人在这里钓上过乌龟。

余伟在这些地方反反复复走了好多遍，一无所获。
余伟父亲已经把电话打到了常年不联系的亲戚那里打听消息，没有线索。

第三天，孩子们叽叽喳喳，三五成群地扛着鱼竿，来村后水库。水库挖得很早，尽管家长们三令五申，远离水库，但余伟小时候还是常去玩水，经过这些年的荒废、坍塌，水库面积更大。

家长们吓唬小孩子，水库里有索命的水鬼，但孩子们浑然不惧，常常幻想水底下自成一个世界，类似《西游记》里的龙宫。

小孩子们把鱼竿甩下去，其中一个小孩发觉水面有异，漂着东西，上面攀附着水草，就问是不是鳄鱼。胆大的拿鱼竿去戳，水面一沉，水草一散，露出人形。

小孩一哄而散。

余伟此后都怕水。

从此不再下河。

他也不再习惯夜里睡觉，即便是周末回村子里休息，他也一样会颠倒日夜，白天睡觉，夜里就醒着，不管天气好坏，他都会竖起天文望远镜，在夜空中寻找土星、木星，或者猎户座、仙女座星云，有时候能看到，有时候找不到，但看着看着天就很快亮起来，似乎眼睛看得远了，人所处的时间也变快了。

余伟和父亲从各自打工的地方回到村子里过年，想着大年二十九回家，初六各自上工，没必要买煤生炉子取暖，索性就冻着。

大年三十，余伟在爷爷奶奶家，和二叔一家人一起吃年夜饭。

正月里就热热吃现成的，吃饭的时候，父子两个缩在被子里，冻得鼻尖通红，饭菜送到嘴里之前就已经凉下来，但两个人浑然不觉。母亲离开之后，他们两个都变得迟钝起来。

母亲没走之前，家里屋顶漏水，正准备重新吊顶，母亲走后，这些工作也搁置下来，房梁裸露，嶙峋瘦骨，时常有灰尘落下来，眯人眼睛。

外面寒风呼啸，父子两个就着剩菜喝酒，沉默大于言语，灯光昏暗，父子两个都看不清彼此的脸。

父亲喝了两杯，跟余伟说，你妈怕你看见害怕，才绑了石头，蒙了脸。

余伟说，我知道。我们对我妈关心太少了，谁都不知道她心里想的事儿。

父子两个沉默下来。

今年雪来得晚，风刮得很凶，但雪一直没有下，发育不良的小麦还在苦等这场大雪，不知道雪会不会如期而至。

余伟想在给母亲上坟时给她烧几件衣服，整理衣柜时看到一本挂历，年代久远，上面印着廉价的风景画，打开，挂历上贴着剪报，旧报纸泛黄翘边儿，内容无一例外都是关于星星和星空的，那些个远到人无法活着到达的地方。

余伟捧着挂历，呆坐在那里，感受着房子里母亲留下来的气息，想哭又哭不出来。

已经很长时间没有梦的余伟，做了一个梦，梦里他只能睁开一半眼睛，眼睛里都是浓雾，他跑到水库边，面对着浑身滴着水的母亲，却无法拥抱她。她身上的石头沉重，脸躲在布袋里，水草几乎已经长在了她身上。

他只能不停地跟母亲说，妈，别怕，我们回家了。

时间一长，村子里就有了难听的话，说村里出了两个光棍，老光棍和小光棍。

余伟年纪日长，一直没有处到合适的对象。

一来是工作环境所限，车间里都是苦活重活，女孩稀有。

二来余伟为人沉默老实，不招女孩喜欢，又习惯昼夜颠倒，似乎跟常人的生活有了时差。

最后只能靠媒人介绍。

乡村里，说媒的仍旧是月老，是民间的Facebook。

说媒的先后给余伟介绍了几个，余伟拿出十足的耐心来处，短则三五天，长则一两个月，很容易就黄了，女人的心思，余伟猜不透。

奶奶说，家里没有女人，不成一个家。

语气中有埋怨母亲的意思。

余伟不想辩驳。奶奶说着说着时常落泪，近乎恳求余伟尽快结婚,生俩孩子,给家里添添人气。

余伟只好点头,每次都说一样的话,今年一定结,其实自己心里也不笃定。

说媒的又给余伟介绍了一个女孩,在超市里当收银员,余伟周末请她吃肯德基。

女孩为人爽快,说,我年纪也不小,想早结婚,就想在城里有个楼房,不用太大,五六十平就行,有贷款也没事儿,结婚了一起还。

余伟有些窘迫,坦白说,房子还没有,打算买。

女孩说,不着急,你买上了咱再谈。

余伟觉得有些挫败,咬鸡翅味同嚼蜡,眼前有点发虚,想尽快结束。女孩似乎有些于心不忍,跟余伟说,你送我回家吧。

上了余伟的面包车,女孩看到车里的天文望远镜,问余伟,这是什么。

余伟说,看星星的。

女孩有兴趣,说,我想看。

余伟说,这里都是光污染,要看,得去没有光的地方。这么晚了不方便。

女孩说,我方便,你开车吧。

面包车顺着国道开，北方小城夜生活稀少，沿路店铺已经关门，只剩下路灯燃烧。

余伟专心开车，去瞄女孩，女孩微闭着眼睛，似睡非睡。

面包车经过路灯在地面烧出的大块光斑，冲进黑暗里去，国道延伸，无边无际。

面包车停下来，女孩睁开眼，面包车亮着车灯，被黑暗裹在其中，感觉无处遁逃。

余伟下了车，搬下望远镜，在车灯照射下组装赤道仪。

女孩就安静地看着。

面包车停在山道上，往下看，小城稀稀疏疏的灯火如一个燃烧到末端的火把，女孩看得有些着迷。

余伟把望远镜组装好，调整寻星镜，四下寻找，天空中云层太厚，挡住了视线，处处模糊。

余伟满头大汗，找了半天只好放弃，窘迫地看着女孩，说，这会儿天气不好，云太厚了，啥也看不见。

女孩浑不在意，问余伟，你要给我看什么星星？

余伟说，土星、木星，还有仙女座星云。

女孩说，土星我知道，有个环儿。木星，就像是一个剥开的松花蛋。

余伟怔住，不知怎么，提及木星，女孩竟和母亲说了一样的话。

风一吹，余伟眼睛眯了，眼球酸涩，有泪涌出来，突如其来，不给余伟事先准备的时间。余伟仰起脸，想把眼泪锁回去，女孩却迎上来，给余伟擦眼泪，像是她什么都知道一样。

女孩说，等天气好了，你再带我看吧，星星又不会跑。

余伟点点头，说，我送你回家吧，明天还要上班。

两个人上了车，余伟坐在方向盘前，准备打火，女孩身上的香气弥漫车厢，余伟看到后视镜里的自己，眼睛通红，头发凌乱，满是胡茬儿，有点自惭形秽。

女孩却突然攀上来，搂着他的脖子，跟他说，你把座位放下来。

面包车里空间局促，其间余伟撞到了自己好几次，弄疼了对方，十分狼狈。女孩抱着他，抚摸着他疲倦的后背，动作轻柔，耐心地嘱咐他，别急，慢慢来。

余伟冲撞着女孩，面包车因为底盘太轻而剧烈摇晃，风吹散天空上厚厚的云层，星星初露峥嵘，远处凋敝的小城灯火也突然间辉煌夺目起来。

没等余伟买上房，女孩就在朋友圈发了结婚照。

余伟点了个赞，删掉了女孩的微信。

过节放假回家，余伟和父亲喝了点酒，父亲说，有点事要和你商量。

余伟点头。

父亲说，媒人给我介绍了个人，比我大点，六十了，身体挺好，想一起过日子。先问问你，你要是不愿意，我就不找。本来也没有儿子没找爹先找的道理。

余伟把玻璃杯里的酒喝完，说，我没意见。

父亲有些意外，看着余伟，不知道该说什么。

余伟给父亲倒酒，跟父亲说，爸，咱不管别人说闲话，过好自己的日子就行。

当天夜里，父亲喝多了。

余伟照顾父亲睡下，给他盖好被子，自己仍旧没有睡意。

坛子里，母亲腌的咸鸭蛋已经成熟，余伟拿出来一个，沉甸甸的，打开，鸭蛋流油，咸淡适中，余伟就着鸭蛋，把剩下的小半瓶酒一点一点喝完。他努力记住鸭蛋的味道，来自母亲的配方现在已经失传，这些鸭蛋每一颗都已是孤品，记忆就深藏其中，只有他知道。

他走到院子里，月亮在天，村庄老朽沉睡，风声就像呼噜声，低沉缓慢，宇宙斗转星移似乎也不能改变这里分毫。

此时月朗星稀，余伟从面包车里取出新买的天文望远镜。虽然花费不菲，远远超过他能承受的范围，但余伟还是决定要买，用上了母亲给他的四千块钱，自己又添了许多，买下一台升级版的天文望远镜，这望远镜漂洋过海，兜兜转转寄了一个多月才寄到。

余伟特意把望远镜带回来，想在母亲站立过的地方，同母亲一起欣赏数万光年之外的星星。

调好角度，余伟庄严地看出去。

此时肉眼所见，是二百五十万光年之外的仙女座星云，拥有一万亿颗恒星，诞生于一百亿年前，据说再过五十亿年，就会和我们的银河系相撞，到时候或许会形成一团更壮观的星云，而我们也会成为盛景的一部分。

余伟想起自己在天文书里读到过的一个说法，大致意思是，我们和亿万恒星都是由星尘组成的，我们也终将化为星尘，到时候所有分别的人都会在宇宙深处重逢。

余伟也在北方的村庄里等待着这一天。

她的名字叫粉

秋风让他的汗毛根根竖起来,他感觉到自己的脚后跟踮起来,一身的血肉失去了重量,骨头也变成了中空的,林子里的风吹到他身上,他能听见中空的骨头发出的鸣响。

讨债得心硬。

这是唐小龙自个儿总结出来的经验。

心要是一软，就要坏事，一坏事，就讨不回钱来，讨不回钱，老板就要骂人，这笔账自己就分不到钱。

欠人钱的，总摆出一副可怜兮兮的样儿，好像他们是受害者，你找他们讨债，就是欺负他们，他们哭哭啼啼，寻死觅活。

天底下没有这样的道理。

唐小龙在讨债这一行干了不是一天两天了，老板对他不错，给他配了辆金杯车，还有两个小弟，这让唐小龙觉得很威风。他以前在流水线上的时候，没这么威风过，所以他喜欢的杨晓晓不喜欢他，在厂子里，他对杨晓晓笑，杨晓晓就给他吃白眼。

杨晓晓不是东西，杨晓晓给线长摸，不给他摸。唐小龙本来要把线长摸杨晓晓这事儿捅出去，但线长找人在宿舍里揍了他一顿，揍完了还给他三百块钱，唐小龙觉得自己被侮辱了，但送上来的钱不能不要，他把三百块钱装进自己的口袋里，也没脸在厂子里继续待下去了，只能出去混。

等他把自己的身份证以一百五十块钱的价格卖掉之后，现在的老板收留了他，给他饭吃，让他挣钱，给他一辆车开，还带他去KTV唱伍佰的歌。

现在的唐小龙不一样了，他心里一直憋着一股劲，等这笔账要回来，就开着车去厂子里找杨晓晓，馋馋她。他也要揍线长一顿，揍完了丢给他五百块钱，比线长多两百。

想着风光的那一天，唐小龙就觉得身上有劲儿。

金杯车在足疗店门口停下来，店门口的灯箱闪着灯字儿，叫"暗夜伦敦"。

以前唐小龙也光顾过，光顾完了，逢人就说，我去过伦敦了。

但唐小龙今天不是来光顾的，他带着两个小弟下了车，两个小弟脖子上都有文身，一个手里拿着双节棍，一个手里拿着九节鞭。

唐小龙一开始没在意，但有一次在砸一家渔具店的时候，双节棍打破了九节鞭的头，九节鞭要打回来，唐小龙急了，骂他们两个人都是废物，不会使还要使，拿截钢管不行吗？

两个小弟说，拿钢管就是流氓，拿双节棍和九节鞭就是习武人士，发扬国粹，这不一样。

唐小龙听他们这么说，就不再说话。

进了"暗夜伦敦"，两个小妹迎上来，对他们说，贵宾您好，欢迎光临，请问有什么可以帮您？

唐小龙现在觉得好笑，一个足疗店，搞得跟豪华夜总会似的，有必要吗？

唐小龙问，粉姐人呢？

一个小妹说，粉姐在上钟。

唐小龙有点生气，上次我来点粉姐，她怎么说她已经不上钟了？

小妹说，粉姐那几天来事儿，不方便。

双节棍和九节鞭凑上来，问唐小龙，砸吗？

把两个小妹吓了一跳。

唐小龙瞪了两个小弟一眼，砸什么砸，事儿还没谈呢。

双节棍和九节鞭有点失望，两个人就缩回去，开始拿眼看小妹越缩越短的裙子。

唐小龙坐下来等，小妹给他递上一杯枸杞水。

唐小龙喝到第三杯枸杞水的时候，粉姐从帘子后面出来了。

唐小龙看到粉姐，把剩下的枸杞水喝完，站起来，看着粉姐说话，粉姐，你欠合肥路张家成的四万块钱，现在该还了，加上利息，一共是四万三千六百五十二块，五十二块就不要了，你还四万三千六百。

粉姐点上一根细长的烟,抽了两口,打量唐小龙,张家成自己怎么不来?

唐小龙说,张家成来过了,听说脸被你挠花了,回去见媳妇,又被媳妇挠了一顿,他不愿意再来了,不是怕你,是不跟你一般见识。现在,他授权给我们公司了,我这儿有欠条。

唐小龙掏出欠条给粉姐看,粉姐接过来,点亮打火机就烧,双节棍和九节鞭迎上来,被唐小龙挡回去。

唐小龙说,这就是个复印件,你烧它没用,人在债在。

有个老头在门口逡巡,看着屋里一堆人,没敢进来。

粉姐不高兴,跟小妹说,愣着干什么,两个烂货,出去招呼钟大爷。

两个小妹赶紧出去,连拉带扯把钟大爷拉进来,搀扶进布帘子里去。

粉姐对唐小龙说,我现在没钱。

唐小龙说,不让你都还,你分期还,有多少还多少。

粉姐说,张家成当时说是给我的,不用还。

唐小龙说,那你写欠条干什么?

粉姐说,我那是不好意思,怕他觉得我是骗他。

唐小龙说,我不管这些,我的任务就是从你这儿要回四万三千六百块钱。

粉姐说，我没说不还，有了钱我就还。

唐小龙指了指帘子里面，说，你也不想这个老头是你最后一个客人吧？以后我们天天来。今天先给你个见面礼。

唐小龙招呼两个小弟，两个小弟等急了，冲上来，双节棍砸破了鱼缸，九节鞭就砸烂了霓虹灯招牌。

粉姐在一旁冷冷地看着，钟大爷提着裤子往外跑，两个小妹追出来喊，大爷你还没给钱呢。

钟大爷像只老猫一样灵活地绕开了地上的玻璃碴子，躲开屋子里的人，一溜烟不见了。

两个小妹看着地上一片狼藉，吓得不敢说话，都去看粉姐。

唐小龙看着粉姐脖子上的项链，伸出手把项链扯了，粉姐没动。

唐小龙咬了咬项链，又扔回给粉姐，假的不值钱。

粉姐从衣架上拿自己的假LV包，唐小龙很满意，说，这就对了，欠债还钱，天经地义……

话还没说完，粉姐从她的假LV包里拿出一把菜刀，横在自己脖子上，说，再逼我就死。

两个小妹吓瘫了。

唐小龙见怪不怪，说，你死也行，人死债灭。是你自己要死的，跟我们没关系。你犯浑我们也只能犯浑。

双节棍和九节鞭再次迎上来，要砸柜台，唐小龙摇摇头，两个小弟有点懵，唐小龙指了指帘子里两个吓瘫的小妹。

双节棍和九节鞭明白了，他们收起手里的武器，揽着两个发抖的小妹进了里屋。

粉姐拿着菜刀，有点尴尬，不知道该怎么办。

唐小龙和粉姐就站在一片狼藉里看着对方，听着里屋的吱吱呀呀。

等粉姐拿菜刀的手麻了，双节棍和九节鞭先后走出来。

唐小龙说，我说了，以后天天来照顾你生意。

唐小龙领着双节棍和九节鞭上了金杯车，走了。

两个小妹红着眼出来，一言不发地开始收拾地上的垃圾，粉姐手里的菜刀掉在地上，整个人也软了下来。

严正义身上背着个黄色的包袱出现在街头，身上的白衬衣干净板正，包裹着他已经渐渐开始走形的身体。

肩上的包袱似乎很重，他走几步就要换个肩膀。

走到"暗夜伦敦"，他在门口端详了一会儿，确定了才走进去。

粉姐坐在沙发上涂指甲油，抬头看他，说，不好意思，今天做不了生意了。

严正义看着破碎的灯箱，还有地上死掉的几条金鱼，问，这是怎么了？

粉姐不想多说，就敷衍，您赶明儿再来吧。

两个小妹往外倒垃圾，又拿着拖把拖地。

严正义没走，在粉姐身边坐下来，粉姐专心涂脚指甲油，把两只脚涂得鲜红欲滴，没抬头。

严正义打量着粉姐问，你是赵红粉吧？

粉姐抬起头来，看着眼前这个背着包袱的陌生人，问他，你谁啊？

严正义说，贺国华死了，走得急，没见上你。

粉姐脸色变了，她盯着严正义，晃了晃神，脸色又恢复了平静，死得好，他该死，他在我心里早就死了。

严正义没说话。

粉姐抬头看他，问他，你是贺国华什么人？

严正义说，我是当年抓他进去的。

镇上开五金店的吴宝库夫妻两个，发现天黑透了女儿吴春丽也没回来。

吴春丽刚满十九岁就不上学了，在镇上的鞋厂干活。

平时吴春丽早早就回来，吃完饭看电视剧。

但今天吴春丽不知道怎么了，菜都凉透了也还没回来。

吴宝库夫妻两个去吴春丽干活的鞋厂找，鞋厂早就下班了。

夫妻两个又沿着从鞋厂回家的路找，没找着。

夫妻两个开始给跟吴春丽一起上班的女孩们打电话，女孩们都说吴春丽一早就下班走了，说是回去有事。

一直找到天亮，还是没找到吴春丽，吴宝库的老婆就开始哭，哭得吴宝库心烦意乱。

吴宝库就去书记家里砸门，书记醒来以后听说了情况，打电话发动大家伙儿一起找。

镇上有条河，前些年上游建工厂，河水变了颜色，一个星期七天河水的颜色都不重样。

有几任书记都发愿要治理，但一听治理一条河要花的钱，就都没下文了。

这天河水的颜色呈现出金黄色，找吴春丽的人在河岸上来来回回七八次，但没有人往河里看。

还是到了下午，往河里偷偷倒垃圾的老沈看到金黄色的河面上漂着一团海带。淡水河里不会漂海带，所以老沈觉得奇怪，他找了根竹竿去捞那团海带，海带往下沉，翻了个面儿，露出一张脸来，老沈还以为自己看错了，用竹竿一戳，又露出一个身子来。

吴宝库夫妻两个看着已经泡涨了的吴春丽，两人都瘫在地上，吴宝库老婆晕死了过去。

严正义当时正年轻，浑身都是干劲，这是他接手的第一个大案子。

分局局长单独找他谈话，给他倒茶、递烟，跟他说，说句不好听的，在这里干警察，能遇上大案子不容易。刚退下去的老黄，办得最大的案子就是一个村里接连丢了三头牛，他把三头牛给人找回来，三头牛都被杀了，村里每家每户就都开始吃牛肉，吃了小一个月，村里给局里送来一面锦旗。

严正义点头，说，我懂。

局长说，你听听广播，现在是什么形势，全国各地都在打击犯罪分子，我们也跟上形势。你跟不上形势，形势就会踩着你。

严正义说，好，我去查。

严正义去小卖店买了一箱泡面，扔进车里，也不泡，饿了就干嚼。

吴春丽的尸检结果下来了，吴春丽有被强奸的痕迹，她口袋里有一盒上海牌的雪花膏。

上海牌的雪花膏镇上没有，城里才有，吴春丽又没去过城里，怎么会有上海牌的雪花膏？

除非是有人买给她的。

严正义查到这两天都是谁进城了。

进城的人不少，每个人进城都会坐贺国华开的面的，贺国华每天都从城里往返好几次，群众反映，要是只想买东西不进城，也可以找贺国华，贺国华也帮人带东西，他从来不空着车回来。

严正义问贺国华人呢，群众都说，贺国华进城了。

天擦黑，严正义干嚼了一包方便面，看着贺国华的面的开回来。

严正义拦住了车，让贺国华下车。

严正义问贺国华，上海牌的雪花膏是不是你带给吴春丽的？

贺国华摇摇头，说不是。

严正义诈他，雪花膏的铁盒上有你的指纹。

贺国华有点慌，改了口，雪花膏是我带的，是吴春丽让我带的。吴春丽下了班找我来拿了雪花膏，就回去了。

严正义问他，为什么一开始你不承认？

贺国华说，我不想惹事儿。

吴春丽拿到了雪花膏，却死在了河里。

吴春丽死前最后见到的人是贺国华。

贺国华二十多了，见到长得俊俏的女孩就吹口哨，把女孩吹得面红耳赤，女孩们都说贺国华是个流氓。

严正义在河边发现的脚印，都是吴春丽一个人的。

有人看见吴春丽一个人晃晃悠悠地往河边走，叫她，她也不答应，跟丢了魂一样。

严正义推断，吴春丽是被强奸之后，一个人跑到河里自杀的。

贺国华不承认他强奸了吴春丽。

贺国华说，当时我把雪花膏给了吴春丽之后，就在面的里睡觉了，吴春丽自己回家了。

严正义让贺国华找个证人，证明他昨天自己在面的里睡觉。

贺国华说，我不知道有没有人看到我在面的里睡觉，但我确实在面的里睡觉。

严正义说，那不行，你得有证据。没有证据，你就有嫌疑。

贺国华说，政府，你不能冤枉好人。

严正义说，我不冤枉你，我就看证据。

吴宝库夫妻两个给严正义下了跪，严正义把他们扶起来。

吴宝库夫妻两个问严正义，贺国华能不能判死刑？

严正义说，这我说了不算，要看法院怎么判。

吴宝库夫妻两个说，他害死了我们的闺女，我们就一个闺女，不判他判谁？政府，你给政府说说，让政府给贺国华判死刑。

严正义不知道该说什么，只能含含糊糊地走了。

吴宝库夫妇还在后面喊，政府，你跟政府说说。

那时候讲究从重从严，贺国华以强奸罪论处，判了个无期。

他唯一的老母亲，在贺国华进去之后第一年哭瞎了眼睛，第二年害了病，在家里又挺了一年，第三年就走了。

走了大半个月才被邻居发现。

严正义升了，工资涨了，到了年底，还分到一套房。

贺国华进去之后，赵红粉肚子已经大了。

当初赵红粉发现自己不来事儿了，第一反应就是生气。

贺国华说，没想到我这么厉害，一沾就能着。

赵红粉说，贺国华，你大爷的。

贺国华说，你去跟你爸妈说，把开卡车的李广柱送的礼物都退回去，一件也不能要。

赵红粉说，贺国华，你不是人。

贺国华说，李广柱这孙子凡事都高我一头。我开面的，他就开卡车。我吃李子，他就吃橘子。我给你爸妈送鸡蛋，他就送肘子。现在我高他一头了，他还没上你的床，我上了。你还没怀他的种，就怀了我的了。

赵红粉说，贺国华，你是烂掉的藕，浑身上下都是坏心眼子。

贺国华说，我赶紧开几个月面的挣点钱，好结婚。我搞大了你的肚子，我就对你负责任。我不欺负人。要是李广柱搞大了你的肚子，他可不一定像我一样英勇承认。

赵红粉说，贺国华，你王八蛋。

贺国华果然做了王八蛋。

贺国华强奸了人家姑娘，姑娘跳了河，贺国华进去了，听说要关一辈子。

赵红粉的父母没把东西退给李广柱。

父母带着赵红粉去了菜市场后面的巷子，巷子里有个诊所，诊所里有个穿白大褂的女大夫。

赵红粉躺下去，岔开了腿，看着女大夫的头发中间明显的白缝儿。女大夫埋着头，拿个不锈钢的东西在她身体里搅来搅去，她觉得自己的肠胃被搅碎了。

赵红粉觉得自己的肠子都被掏空了，父亲在前面大步走，母亲扶着她往回走，她用来蒙脸的丝巾掉了也不知道，还是有人捡起来又递给她。她眼睛里尽是血丝，看什么都是红的，看菜市场里卖猪肉的摊档是红的，看卖白菜的也是红的，路上经过的车、人、天空都是红的。

赵红粉不知道命运这东西到底是谁在管，她做了个红色的梦，梦里连河流的水都变成红的了。

赵红粉嫁给了李广柱。

李广柱发现赵红粉不能生孩子，就开始喝酒。

一喝酒就喝多，喝多了就打老婆。

一开始不打脸，怕人看见。

后来打上瘾了，专门打脸，就是要让人看见。

赵红粉一开始还还手，越还手李广柱就打得越狠。

赵红粉被打掉了一颗牙，赵红粉一边的耳朵听力不好，赵红粉一边的鼻子总是不通气，赵红粉左脚小脚趾上缺了一块肉，这都是李广柱打的。

李广柱死在九月的深秋。

李广柱半夜喝多了回来，吐了一地，赵红粉起来扫地、拖地，等李广柱打起了呼噜，赵红粉才又睡下。

天快亮的时候，赵红粉起来撒尿，回来碰了一下李广柱，李广柱已经硬在床上。赵红粉打开灯，看见李广柱闭着眼，张着嘴，身上紫红紫红的，像个烂番薯。

别人都说赵红粉害死了李广柱。

但警察说李广柱是喝酒脑溢血猝死的。

李广柱死掉之后的第一个月，李广柱的姊妹几个来了，让赵红粉走，说这房子是我大哥李广柱的，买这个房子的时候，我妈做主，这房子我们都出了钱。现在李广柱死了，我们要卖这个房子，卖掉房子的钱就平分。当初给大哥买房子，我们凑了钱，就是入股。现在卖了房子分钱，就是分红。

赵红粉问，那我有没有钱分？

姊妹们说，你给李家生了孩子的话，房子就都是你和你孩子的。

赵红粉说，但我没有生孩子。

姊妹们说，那你就没有钱分。

赵红粉拎着两个蛇皮袋子来的，又拎着两个蛇皮袋子走了。

冬天挺近了，街上一起风，就冷得厉害，赵红粉把丝巾裹在脖子上，丝巾是贺国华买给她的，她围着丝巾，一头走进了深秋的风里。

赵红粉的父亲每天喝酒，喝多了就摔东西，先骂贺国华王八蛋，又骂李广柱的姊妹们不是人，最后骂赵红粉是个烂货，烂在家里没人要了。

父亲骂人的时候，母亲低着头一言不发，赵红粉坐在床上，双目无神。

贺国华觉得自己身体里面的力气一点一点地流掉了。

犯人要出去劳动，不能犯了错还吃白饭。这是规矩。

犯人劳动的地方在林场里，犯人都要去砍树，这里砍树不叫砍树，叫杀树。有些树长了几百年，两个犯人一上午就能杀死一棵。

长了几百年的树倒下来，有时候树冠上有鸟巢，能捡到鸟蛋。贺国华捡到了鸟蛋，自己趁着上厕所的工夫生吃了。

贺国华不知道杀树捡到的鸟蛋不能自己吃，要上供，就跟保皇的时候，输家手里最好的一张牌要上供给赢家一样，贺国华应该把鸟蛋上供给斜眼。

斜眼来得早,贺国华进来的时候斜眼已经来了好多年了,这些年有人出去过,有人死掉了,但斜眼一直在。

斜眼并不是对谁都斜眼。

斜眼对你满意了,就正眼看你。要是对你不满意,就斜眼看你。

被斜眼斜眼看过的人,都要倒霉。

为了不被斜眼斜眼看,新来的犯人都要上供。

上供的种类斜眼不嫌弃,也不要求,你可以省下一个窝窝头给他,也可以把省下来的烟卷给他,再不济,你还可以替他刷鞋,替他铺床,替他捏脚。

贺国华不知道这些。贺国华第一天晚上就睡在厕所旁边,厕所里的味道熏得他睡不着。

贺国华饭量大,窝窝头和菜汤他吃不饱。吃不饱还要干活,贺国华饿得没有了眼力见。

饿得头昏眼花的贺国华杀倒一棵树的时候,捡到了鸟巢里的一把鸟蛋,他生吃了一半,留了一半,打算晚上饿醒的时候吃。晚上贺国华要吃鸟蛋的时候,睡在他旁边的矮子看见了。矮子比他好一点,可以睡得离厕所远一点,矮子还想睡得离厕所再远一点,就跟斜眼举报,举报也是上供。矮子说,新来的偷着吃鸟蛋。

斜眼坐起来，斜着眼看贺国华，问他，你有鸟蛋？

贺国华说，杀树的时候捡的。

斜眼说，这里的东西都是我的。别说鸟蛋，你裤裆里的两个蛋也是我的。

贺国华说，那不能够，我裤裆里的蛋是我自己的。我手里的鸟蛋也是我自己捡的，我捡的就是我的。我捡的怎么可能是你的呢？

斜眼又斜眼看看贺国华，说，那你吃吧，我看着你吃。

贺国华没说话，他仰起脸，张开嘴，对着自己的喉咙，捏碎了一个鸟蛋，蛋液直接流进他喉咙里，他直接吞下去。

斜眼招呼身后的人，说，让他知道知道规矩。

几个人压住贺国华，贺国华个子不矮，力气也大，几个人压不住，就又上了几个人。

贺国华的上半身被压住，腿被分开，矮子给他脱了鞋，矮子总是做一些力所能及的工作，矮子必须在斜眼面前证明自己有用。

斜眼自己上手，捏住了贺国华的小脚指头，贺国华不知道他要干什么，斜眼手上使劲，贺国华不知道斜眼的手劲儿这么大。斜眼的手像钳子，钳子扯着贺国华的小指头，往脚背折，贺国华疼得抽抽，想翻身起来，几个人压得更狠，压得他喘不过气来，贺国华的小脚趾甲贴在他脚背上，贺国华疼得翻白眼，被人压着叫不出声来。压了好一阵，斜眼说，松开吧。

犯人们松开了贺国华，贺国华抱着脚疼得打滚。

斜眼说，这是规矩。你现在懂规矩了吗？

贺国华捧着脚，疼得掉眼泪。

第二天，贺国华瘸着腿去林场杀树，管教叫住了他，问他脚怎么了。他要说话，看见斜眼又在斜眼看他，便说，我自己崴脚了。

管教问他，能不能干活？

他说还能干。

管教就不说话了。

又杀倒了一棵树，他运气好，又捡到了鸟蛋。他没吃，把鸟蛋装进口袋里。晚上，他把一把鸟蛋都给了斜眼。斜眼很满意，说，明天你找管教去看脚，他们会给你治。

贺国华点头。

斜眼指着矮子说，你跟矮子换位置，矮子睡你那儿。

矮子委屈，想说话，但斜眼正斜眼瞪着他，他不敢说话，默默地替贺国华挪被褥。

贺国华因为上供睡得离厕所远了一些。

贺国华这天没去林场，因为脚受伤了，他可以休息一天。

贺国华休息这天就给赵红粉写信。

信里写，我没强奸吴春丽，因为我有你，我有了你，干吗还要强奸吴春丽？吴春丽有的你都有，吴春丽没有的，你也有。我是冤柱的。

除了这些，他不知道还要说什么。

写完了信，不能封，管教还要看几遍，管教确认没问题了才能寄出去。

贺国华给赵红粉写了十几封信，自己睡的地方离厕所有四个人了，但赵红粉从来没回信。

贺国华的母亲来看了他几次，最后一次来看他的时候，跟他说，我腿脚不好，眼睛也看不清路，来的路上老摔跤，你何大爷就是摔跤摔瘫了。

贺国华说，你有没有贴膏药？你管镇上杀猪的东东买点猪肝，你得吃猪肝。

母亲说，路远，我以后就来不了了。

贺国华说，你记得贴膏药、吃猪肝。

母亲不来了，好像人间跟他的关系就断了。

也不知道赵红粉收没收到他写的信，就算收到了可能她也不会回信，她不信自己了，哪个女人会信一个强奸犯？她肯定嫁给李广柱了。她嫁给李广柱，自己一点办法也没有。自己被关在这个地方，就是一只鸟被关在笼子里。关在笼子里的鸟，看着其他的鸟，就只有羡慕的份儿。

贺国华整宿睡不着觉，头顶上掉下来一撮头发。

贺国华杀树的时候，很使劲，手心磨破了也不知道疼。

树倒下来的时候，犯人们一起喊，顺山倒了。

贺国华往前走，好像没听见，他走到树要倒下来的位置，几百年的树要砸到贺国华身上，贺国华等着树砸下来，等着几百年的树砸掉他几十年的命。

斜眼扑过来，撞在他身上，把他扑在地上，树在他们旁边砸下来，尘土飞扬，地面都在震。管教跑过来，看树底下没有人，松了口气，紧接着又急了眼，举着电棍指着倒在地上的贺国华，骂了句，要死别死在这儿！

在林场吃饭的时候，斜眼坐在他边上。

贺国华把自己的窝窝头给斜眼，斜眼推回来。

斜眼说，以后没有人会要你的窝窝头了。

贺国华脸上没有表情。

斜眼问，你想死？

贺国华说，在这里活着没意思。

斜眼说，好死不如赖活着。

斜眼把自己的窝窝头给了贺国华，跟他说，吃饱了就会困，困了就睡觉，睡醒了就不想死了。

贺国华嚼着窝窝头，还是面无表情。

斜眼说，你晚上跟阿四换。

阿四原本睡在斜眼旁边。

贺国华跟阿四换了，贺国华就睡在斜眼旁边。

这以后，新来的犯人也要给贺国华上供了。

斜眼跟贺国华说，你找个盼头。

贺国华找到了个盼头，每个礼拜写信申冤。

信写了很多，多到他自己也数不过来。

为了写信，他就查词典，认识的字越来越多了，但没有人给他回信。

他怎么死的？

赵红粉沉默了很久才开口问严正义。

严正义说，他在里面得了病。

赵红粉问，什么病？

严正义说，脑子出了点问题。

贺国华又睡到了厕所边上，新来的一个小年轻睡在了斜眼旁边。

贺国华之所以又睡到了厕所边上，是因为脑子里断了一根弦。

这是贺国华自己说的。

贺国华说，人脑子里都是弦，一根连着一根，要是有一根断了，人就会出问题。

贺国华说话的时候很正常，大多数时候也都很正常，但逢年过节就变得不正常了。

逢年过节监狱里都会给犯人吃点好的，往菜里加点肉，八月十五能吃到月饼，过年能吃到饺子，所以逢年过节犯人都很高兴。

除了贺国华。

逢年过节别的犯人都在笑的时候，贺国华就会发病。

贺国华第一次发病是在林场上工的时候，正赶上八月十五，已是深秋，林场里温度很低，犯人都在抱怨。

贺国华老老实实地杀倒了一棵树之后，听到有犯人闲聊，今天中午应该给我们吃月饼，我儿子喜欢吃五仁的，我老婆喜欢吃花生的，我就吃他们剩下的。

听到这句话，贺国华一抬头，听到一声响从脑袋里传出来，鼓荡着自己的脑壳四壁，像是有股子气要从里面撑出来。

他感觉到自己脑子里的一根弦断掉了，具体哪根弦断了他自己也说不上来，他开始觉得热，觉得身上的囚服有一千斤重，有一万斤重。别人锯木头的时候，他就一件一件地脱自己身上的衣服，每脱下来一件，他就觉得轻松了一些，脱到内裤的时候，斜眼和其他犯人都看着他，没有人喊，然后管教也看到了他，拿着电棍指着他，问他，你干吗？

贺国华听不见任何声音，他飞速地把内裤脱掉，扔在旁边的一堆衣服里，那堆衣服就像是一条蛇蜕的皮。他光溜溜的，秋风让他的汗毛根根竖起来，他感觉到自己的脚后跟踮起来，一身的血肉失去了重量，骨头也变成了中空的，林子里的风吹到他身上，他能听见中空的骨头发出的鸣响。管教拿着电棍向他快步走过来的时候，他感觉脚尖已经离了地，他爬上就近的一棵树，浑身光溜溜的，就像是一条能上树的泥鳅，离他近的犯人还没有反应过来，就觉得白影一闪，他就上了树。管教跑过来，和犯人们一起抬头看，一团白肉在树叶间穿梭，腾挪跌宕，快到模糊。

管教终于反应过来，吹响了脖子上悬挂的哨子，喊，所有人抱头蹲下！

斜眼领着犯人蹲下来，看着其他的管教从四面八方跑过来，跟随着在树影里穿梭的贺国华，怒斥他，赶紧下来！不然开枪打你！

在树冠上周身赤裸的贺国华，觉得自己因为生吃鸟蛋而获得了鸟的能力，从一个树冠跳到另一个树冠，就跟玩儿似的。他脚底下都是树，每棵树都比他年长，经历也远比他所经历的多。现在这些树就在他脚下，托着他，让他跳，让他跑。他觉得快乐、觉得自由。

贺国华从一棵树往另一棵树跳的时候，因为生吃鸟蛋而获得的能力突然失效，他从两棵树之间直直地掉下来，饶是掉在一摊烂泥里，但还是摔断了腿，疼得晕死过去，顺便把一身白肉染成了泥灰色。

在看到医生关于犯人贺国华罹患间歇性精神分裂症的诊断之后，管教们才一致认为，贺国华确实不是要越狱，从他在树冠上移动的路线来看，他毫无计划，不但漫无方向地乱跑，还在原地转圈，树杈子在他全身戳出长短不一的血道子，像是谁在他身上即兴写的书法。

贺国华的伤腿养了三个多月才好起来。三个月里，他因为不能干活而破例留在监舍里，偶尔出去上药，还可以见见陌生人。这段时间他没有犯病，但是他问医生，你穿着衣服有没有觉得衣服蜇人？

同样的问题，他问了给他上药的女护士，女护士骂他臭流氓，他也只是笑笑，说，我就觉得我身上的衣服蜇人。

后来，贺国华犯病的次数越来越多，等到整个监狱、林场以及附近的医院，都见识过了贺国华身上的白肉和伤口之后，犯人和管教也摸清了贺国华逢年过节犯病的套路。所以，一旦遇上重要节日，贺国华就被关在牢房里。

即便是在牢房里，贺国华也坚持每个节日把自己剥个精光，像剥一个山竹，在几平方米的牢房里原地蹦高，让自己的头顶心接触牢房的水泥顶，在水泥顶的同一个位置，愣是碰出来一个凹。

斜眼跟身边的小年轻说，人要是想不通，就废了。

赵红粉听完，脸上没有表情。她点上一根烟，就自己在那里抽，抽得很认真。

严正义就看着她把一根烟从烟头抽到烟尾，眼看着就要烧着手指头，她才丢在地上踩灭。

她说，他以前也爱上树。

贺国华从小就有上树的本事，很快就发展为逢树必上。镇里靠近山林，什么都缺就是不缺树。

贺国华带着赵红粉去树林的时候，指着看不到边儿的树林跟她说，这里每一棵树我都上过。

赵红粉骂他，臭流氓。

贺国华看着赵红粉说，你也是一棵树，你是这里最好看的树。你的头发就像树冠，你的身条儿就是树干，你的脚就是根。

赵红粉说，你不要脸。

贺国华说，你想不想吃鸟蛋？

赵红粉红了脸，说，你再这样我告诉我爹。

贺国华说，我现在就上树。

赵红粉觉得脚下的根有点软，她看着贺国华像猴子一样向眼前的一棵树上蹿，很快就看不见了，赵红粉担心起来，喊，你别跟我闹。

没有动静。

赵红粉有点害怕，仰着头喊，贺国华！你再不下来我走了！

还是没有动静，赵红粉带了哭腔，贺国华，你坏透了！

有人从后面拍她的肩膀，她吓得赶紧回头，贺国华双手捧着一把鸟蛋，笑吟吟地看着她。

她哭笑不得，你怎么从我后面出来了？

贺国华说，从树顶上走，哪里都能去，我都能钻进你被窝里去你信不信？

赵红粉捶他，他捧着鸟蛋躲，说别摔了，这可是好东西。

两个人就地生了一堆火，把鸟蛋烤熟，贺国华一颗一颗地给赵红粉剥了，像珍珠一样白，赵红粉一颗一颗地吃了，贺国华就看着赵红粉吃，赵红粉以前没吃过这么好吃的东西，以后也再没吃过这么好吃的东西。

吃完了鸟蛋，赵红粉在贺国华面前，就变成了一棵树。

贺国华死在出狱前的那个晚上。

当年吴宝库的女儿吴春丽遭强奸致死的案子，最高检认为，对贺国华的量刑定罪缺乏直接证据，最高检要求对贺国华等一批冤假错案发回重审，重申司法正义。

得知了消息的严正义当天赶到了庭审现场，时隔二十年，他又一次见到了贺国华。

此时的贺国华已经说不出一句整话。他发病的日期已经不局限于节日,变得越来越随机,即便在庭审现场,身上也要捆着束缚带,否则他随时可能把自己剥得精光。

最终的宣判下来之前,严正义去看贺国华。

贺国华早已经认不出他,他已经认不出任何人。

原本对严正义来说,贺国华只是他二十多年的警察生涯中送进去的犯人之一,他把一些犯人送进刑场,他亲手当场击毙过持刀行凶的悍匪,他从来没有因为这些人而睡不着觉过。因为他们的结局都是他们自己挣的,是应得的。

他没让老局长失望。办了贺国华的案子之后,他一路往上升,经办的都是大案子,他人生真正的起点就是办贺国华的案子。

现在,严正义不知道该跟贺国华说什么。

整个探视过程,贺国华眼里一直是浊的。

严正义能感觉到,他的魂儿已经不在这儿了。

严正义张了张嘴,最后还是什么都没说出来。

临走的时候,严正义看到贺国华站起来,管教像是哄孩子一样,哄着贺国华往回走。

贺国华又回过头来,看着严正义,跟他说,你告诉赵红粉,想吃鸟蛋了就来找我。

严正义不知道贺国华这句话是什么意思。

回去之后，丢了魂的人，变成了严正义。

局里的兄弟们都劝他，这跟你没关系，这是一个时代的问题，你不能把时代的问题背在自己身上。

严正义没说话，严正义不知道该说什么，他甚至已经无法心安理得地吃一顿好饭，喝一顿大酒。他觉得走在大街上，走在阳光底下，都是一种罪恶。他现在住的房子，他过的生活，都是罪恶，都不是他应得的。

他想再去问问贺国华，他说的这句话是什么意思。

他还没去，就先知道了宣判结果，贺国华强奸罪名不成立。

他应该替贺国华高兴，可他高兴不起来，他鄙视自己这种心态。

贺国华在被释放之前，去林场上工。二十多年，从一个林场到另一个林场，把一个林场杀秃了，再杀另一个林场，他们就像给树林剃度。

二十多年了，很多人进来，很多人又走了。

斜眼被一个新来的犯人用筷子捅死了，筷子从左耳朵眼儿捅进去，却没从哪儿钻出来。

斜眼还没送到医院，人就死了。

管教看着贺国华，贺国华看起来很正常，除了不会说话了，别的没什么。

因为知道贺国华可能会被放出去，管教都觉得，以前对不住贺国华，应该带他出来放放风，这次上工没有像以往一样，把他关在牢房里。

管教仍旧给贺国华戴着手铐，担心他还会脱衣服。

但贺国华好像已经没有了往日的体力，他站在那里，看着年轻犯人杀树。

他们在杀一棵老树，犯人们都说，这棵树已经看不出有多老了，四个人抱都抱不过来，一棵树要长几百年才能长成这样呢？

杀这棵树杀了好久，杀到管教都打了哈欠，这棵树终于要倒下去了，贺国华突然走过去，仰头看着向他倒下来的树，喊了一嗓子，逆山倒咯！

管教和犯人们都被时隔多年重新开口说话的贺国华吓坏了，等他们反应过来，这棵不知道长了几百年的树倒下来，吞没了贺国华。

后来在场的犯人和管教都说，他们费了很大的力气，都没能把贺国华和树完全分离开，最后只能连着树枝树皮一起烧了。

贺国华的骨灰没有人来认领，贺国华没有了在世的亲属。

严正义把贺国华的骨灰领回了家。

老婆孩子都埋怨他，怎么能放咱家呢？

严正义阴着脸，说，先放几天，他提到过一个叫赵红粉的人。我想，那是他未了的心愿。

赵红粉说，我也没地方放他的骨灰，总不能放我这儿，让他每天看着我在干什么。

严正义看着手里的包袱，不知道该怎么办。

赵红粉让两个小妹都走了，自己拉下卷帘门。

严正义看到卷帘门上喷着四个油漆大字：欠债还钱。

严正义跟着赵红粉一路走。

严正义说，你欠的钱，我帮你还。

赵红粉意外地看着严正义，你凭什么帮我还？

严正义说，我欠贺国华的，贺国华欠你的，现在贺国华死了，就变成我欠你的。

赵红粉看着严正义，想说什么，但什么都没说。

严正义回到家，跟媳妇说，你给我取五万块钱。

媳妇问他，要这么多钱干什么？

严正义说，你别问，我有用。

媳妇从来没在严正义脸上看到过现在这种神色，没再多问。她去银行取了钱，严正义扯了几个垃圾袋，把钱装了。

唐小龙开着金杯车来"暗夜伦敦"的时候，严正义已经搬了把椅子在门口等着。

唐小龙带着九节鞭和双节棍下来，九节鞭和双节棍看着"暗夜伦敦"门前多了个人，按照以往的经验，这应该是欠钱的找来的帮手。

九节鞭和双节棍都有点兴奋，他们手里的家伙什看来终于要派上用场了。他们盯着严正义看，像在看一个鱼缸、一台电视机，或者一扇门，总之是他们手里的家伙可以砸碎的东西。

但唐小龙觉得坐在"暗夜伦敦"门前的这个人有点不一样。

具体哪里不一样，他又说不上来。

他又去看"暗夜伦敦"里面，两个小妹站在门口，粉姐坐在沙发上，好像没有要出来的意思。

唐小龙突然想起在港片里看到的一些场面，他就走到严正义跟前，给严正义递烟，严正义没接，唐小龙就收回来叼在嘴里，开口道，兄弟，我是黑哥的人。黑哥你知道吧？正规的民间借贷公司，遵纪守法，符合政策的。

严正义打量着唐小龙，问他，鱼缸你砸的吧？招牌也是你砸的吧?九节鞭和双节棍梗起脖子,我们砸的怎么了吧?

唐小龙回头瞪了两个小弟一眼,他们的僭越让他觉得很没面子。

唐小龙看着严正义说,我们也是没办法,砸东西总比砸人要好。

严正义说,你们三个去买个一模一样的鱼缸,鱼缸里要放和以前一模一样的鱼,再去做个灯箱,灯箱上要写以前一模一样的字。

唐小龙还没说话,九节鞭和双节棍急了,拿着手里的家伙打量着严正义,你算哪根葱?

两个人要往前顶,唐小龙没阻止,他站在那儿看着,他看着九节鞭和双节棍一左一右夹过去,把严正义夹在中间。

唐小龙眨了一下眼睛,九节鞭和双节棍就掉在了地上,砸到了两个小弟的脚,但他们不敢喊疼,默默退回到了唐小龙身边,把头也埋下去,想躲在唐小龙身后。

唐小龙觉得奇怪,不知道两个浑不吝的小弟怎么了。

严正义站起来的时候,唐小龙看到他腰里闪着光的"银镯子",连在一起的一对"银镯子",没有人想戴。

唐小龙跟两个小弟说,看什么看,跟我去买鱼缸。

两个小妹看着两个小弟从面包车上抬下一个鱼缸,鱼缸里有珊瑚、有水草、有热带鱼,比以前的还要漂亮。

唐小龙抱着一个崭新的灯箱,撅着屁股在门口折腾着通电。

粉姐和严正义坐在那里看着他们忙活。

一装好,唐小龙就一溜小跑到严正义和粉姐面前,说,都弄好了。

严正义问，你带欠条了吗？

唐小龙愣了愣，赶紧从口袋里拿出欠条，恭恭敬敬地递上去。

严正义把欠条当着唐小龙的面撕了，唐小龙想说话，张了张口，没敢出声。

严正义把手里的垃圾袋递给唐小龙，唐小龙接过来看到了里面的钱，松了口气。

唐小龙把多出来的钱递给严正义，严正义没接，唐小龙又把钱递给粉姐，粉姐看了严正义一眼，接了过来。

唐小龙说，以后有什么搬搬卸卸的，随时喊我就行。

唐小龙带着两个小弟上了金杯车，一溜烟跑了。

粉姐没看严正义，说，我给你打个欠条。

严正义说，不用，我欠你的。

粉姐说，现在你不欠了。

严正义摇摇头，我一时半会儿也还不清，但我会慢慢还。要不是我，贺国华不会死，你也不会在这儿。

粉姐说，都是命。

严正义说，不是命，是错。

粉姐不说话了。

两个人就这么沉默着，等天色黑了下来，新的灯箱亮出霓虹般的色彩来，两个人的脸也被这样的色彩映得闪烁。

钟大爷小心翼翼地冒出头来，看看粉姐，又伸着头往"暗夜伦敦"里看看，看到了陌生的严正义，就没敢往里走，背着手在原地逡巡。

粉姐故意喊，钟大爷，你又发退休金了？

钟大爷支支吾吾地答应着，发了，发了。

然后又恨恨地看了严正义一眼，转身走了。

严正义说，你不能再干这个了。

粉姐说，我这里是正规的按摩。

严正义说，正规的也不能干了。

粉姐说，我只会干这个。

严正义说，没有人只会干这个。

粉姐不说话。

严正义又问，你就没想过干点别的？

粉姐说，以前想过。想开个花店。

严正义说，那就开个花店，把这里改成个花店。

粉姐看着严正义，笑了。她说，我看到花店里还卖棉花，棉花我老家有的是，原来棉花也是一种花。

严正义说，那你的花店里也卖棉花。

粉姐看着严正义，说，你跟他还真有点像。

严正义说，可惜我不了解他。

严正义跟媳妇说，你再给我拿五万块钱。
媳妇说，家里有多少钱你不知道？
严正义说，不管家里有多少钱，这五万块钱你得给我。
媳妇说，给你可以，你告诉我，你用钱干什么。
严正义说，还债。

老局长给严正义倒茶，说，这事儿你可以干，但没必要。
严正义说，我觉得有必要。
老局长说，你钻到牛角尖里去了。
严正义说，欠别人的，不还心里堵得慌。
老局长站起来走出去，回来的时候，递给严正义一沓用报纸包着的钱，跟他说，我活不了几天了，钱也用不上了。
严正义没推辞，站起来说，我过段时间再来看您。
老局长说，等我出殡的时候你再来就行。
严正义走到门口，停了停，没回头。

"暗夜伦敦"灯箱上的字改成了花店。
两个小妹拉着箱子跟粉姐告别。
粉姐说，对不住你们。
两个小妹说，我们去大的足疗店了，休息的时候就来帮你卖花。

粉姐说，好，记得多晒晒太阳。

两个小妹拉着箱子走了。

粉姐在修剪店里的花花草草，有玫瑰、百合、水仙、紫罗兰、洋桔梗、非洲菊、康乃馨、满天星、富贵竹、文竹、绿萝，当然还有棉花。棉花在一堆鲜花里，也很出众，比它在棉花地里还要出众。

粉姐置身繁花之中，打量着每一个角落。

钟大爷背着手出现了，在粉姐身后站着，看花店里的花，看修剪枝叶的粉姐。钟大爷摇摇头，问粉姐，好好的怎么改行了？

粉姐说，树挪死，人挪活。

钟大爷叹气，我刚领了退休金。这个月还有消暑费。

粉姐说，你也可以买我的花。

钟大爷失落地打量着店里的花花草草，看到了棉花，笑了，你这儿怎么还卖棉花啊？城里人又不缝棉被。

夜里，唐小龙带着双节棍和九节鞭拦住了当初在厂里找人揍自己的线长，线长没认出唐小龙，以为是劫道的，说，我身上没钱。

双节棍和九节鞭一左一右夹住了他，唐小龙打开手机上的手电筒，照亮自己的脸，跟线长说，不要你的钱，是要给你钱。

线长呆住了。

事后，唐小龙带着双节棍和九节鞭在另一次讨债的过程中，再次遭遇了顽敌，三个人被打得毫无还手之力，只能报警求助，最终都进去蹲了大半年。

严正义开着车，赵红粉坐在车里，脖子上多了一条丝巾，是当年贺国华从城里给她带回来的丝巾。

车开进一栋老楼外面，严正义拿上车里的包袱，跟着赵红粉上了楼顶，楼顶上码放着两只鸽笼，里面的鸽子正在叽叽喳喳。

严正义把骨灰盒递给赵红粉，赵红粉接过来，觉得比她想象中的还要轻。她觉得自己被闪了一下，差点把贺国华的骨灰盒掉在地上，骨灰就跟贺国华本人一样，在她面前，总是没正形。

严正义看着赵红粉把贺国华的骨灰拌进了鸽食里，然后一把一把地往鸽笼里撒，鸽子争先啄食。

严正义和赵红粉就一言不发地看着。

等鸽子吃完，赵红粉把鸽笼打开，鸽子一阵风一样扬天而起。

严正义和赵红粉仰头目送着鸽子四散而去。

赵红粉说，这样他就能飞了。

了不起的东方亮

尽管电动三轮车的车速只有四十码,但东方亮分明能感觉到,他骑在车上,就跟风一样快,如果他愿意,他甚至可以飞起来。

东方亮杀过人。

东方亮最小的妹妹东方芝,还未出嫁的时候,在城里工厂上班,得罪了一个大姐。据说大姐是混街面的,在街面上很吃得开。大姐找来一群人,带着钢管、铁链子、工兵铲,开了六七辆面包车,赶往东方芝老家,要教训东方芝。

村子里的人,被这个阵势吓住,都站在墙外面探头探脑,没有人敢上前劝解。

那一帮人把东方芝家里能砸的东西全砸了,电视机被开膛破肚,电风扇惨遭斩首,墙上相框里的照片散落一地,踩上了脏脚印。砸完东西,要打人,东方芝的父母拦在东方芝身前,住在隔壁的东方亮斜拖着菜刀一瘸一拐地冲进来,嘴里含糊不清重复着脏话,冲向屋子里一个拿着钢管的寸头,一刀砍上去,寸头愣了愣,栽倒在地上。

其他砸东西的人被眼前的一幕吓得魂不附体,东方亮手上失了力气,脚下打滑,一屁股坐在地上,摔了个四仰八叉。

村里来了四辆警车,警察给东方亮戴上铐子,押进警车里,东方亮说,我还没吃饭。
警察说,你等着吃牢饭吧。

东方亮被认定精神有问题,属于无行为能力人,在里面待了两个月之后,就被放了出来。

被放出来的东方亮骑上家中祖传的二八大杠自行车在村里自由穿行,有一段时间,无人敢惹,人人都要给东方亮三分面子,他停下来跟你说话的时候,你要给他递一根烟。

东方亮在邻村刘家畤有个相好。
相好是个寡妇,大家都叫她寡妇刘。
寡妇刘不光有东方亮这一个相好,她在十里八乡都有相好,寡妇刘靠着她的相好们吃饭。
来看寡妇刘必须带东西,带什么都行,一斤猪肉、一包枣,哪怕是一根葱寡妇刘都不嫌弃,带东西表示心里有她。谁都不能空着手来,否则就会遭到寡妇刘的白眼,被寡妇刘用扫院子的大扫帚打出门。

东方亮以前经常被寡妇刘打出门，东方亮家里能偷偷带出来的东西实在太少，上一次东方亮带来两个老得已经糠了的丝瓜，寡妇刘就已经颇不满意，但还是耐着性子，把老丝瓜留下来，晒干了刷碗。

等东方亮再也拿不来任何东西了，寡妇刘终于让东方亮享受了和其他人一样的待遇，用扫帚打他出了门，又打出去一条街。

但这一次不同，东方亮再来的时候，寡妇刘没有扫他出门，反而热情地款待了他。

因为杀过人，东方亮身上就有了一股狠劲，头顶上似乎有了一道光环，寡妇刘决定为他破一次例。

东方亮在寡妇刘身上腾挪跌宕的时候，脸上也始终带着笑，寡妇刘惊讶于连路都走不稳的东方亮，怎么干这事儿的时候如此雄姿英发。

东方亮是个痴巴，痴巴是胶东的土话，就是傻子的意思。

但东方亮傻得跟别人不一样，他傻了以后，不但没有放下人间的欲望，反而变本加厉，吃喝嫖赌，照旧样样精通。

没有人知道东方亮是怎么搭上寡妇刘的，但寡妇还挺喜欢他。在寡妇刘这里，东方亮得到了和其他男人一样公正的待遇，寡妇刘依旧拿他当男人看，这种感觉在别的地方，东方亮已经多年不曾拥有。

东方亮杀过人以后，人们开始惧怕东方亮，但寡妇刘不怕，说，男人够狠，才是真的男人。

对于东方亮来说，除了跟欲望有关的一切，在其他需要动用智力的方面，东方亮一概两眼一抹黑。

村里人说，痴样会上脸，意思是人要是傻了，傻样就会长到脸上去，让人一看就知道是个傻子，跟凶相上脸一个道理。

如今，东方亮的痴样已经长到了脸上，他脑门上还有一道疤，跟抬头纹长在了一起，像咧开的孩子嘴。

要不是东方亮痴样长到了脸上，这道疤可能会让东方亮看起来更面目狰狞。

东方亮的痴样不光长在了脸上，也长在了身形上，他的每一个动作、每一步路，看起来也都痴了，如果你有机会去到东方亮所在的北方村庄，你一眼就能认出他。

东方亮并不是生下来就是痴巴。

往前推五年，东方亮是村子里第一批挣到钱的人，他比谁都精明。

90年代，东方亮就拥有了一辆三轮卡车，卡车上蓝油漆锃光瓦亮，可以映出人影。东方亮骑着三轮卡车，带着媳妇小苑，拉上一车蔬菜瓜果，去各个城镇卖掉，收获钱和见识，一时间钱包鼓胀起来。一到了夏天,东方亮一家三口就每天都吃西瓜,吃不完的就往外送,全村人都吃过东方亮送出的西瓜。

那时的东方亮,身高一米八,属猴,身形瘦长,精力旺盛,尤其爱打架。

十七八岁的东方亮跟着哥哥东方明进城打工,兄弟两个操持木工生意,替人修修补补。

去人家家里干完活儿之后,对方见兄弟两个是农村人,不想给钱,叫来两个大汉,把兄弟两个往外赶。

东方明和东方亮兄弟两个对望一眼,东方明握紧了手里的锤子,东方亮抄起做木工用的铁凿子。

锤子和铁凿子砸在了两个大汉头顶,两个大汉像两团肉一样委顿下来,房主吓得拔腿就跑。

东方明和东方亮追出去两条街,把房主堵在街心,房主赶紧给钱,东方亮还想动手,东方明拦住了他。

东方亮有点生气,觉得没能让房主吃点教训。

东方亮爱打架似乎跟他无穷的精力有关,东方亮和媳妇小苑生下女儿东方梅之后,仍旧保持着三天一小打、五天一大打的习惯。

夫妻两个都是出了名的狠人,每次打架,都冲着对方下死手,打东方梅有记忆开始,每逢父母打架,她都会躲在床底下观战。

小苑摔烂了所有能捡起来的碗，东方亮用拳头击碎了每一扇玻璃窗。

砸完了东西，东方亮和小苑开始看对方不顺眼，两个人开始动手，从屋子里打到院子里，两人手脚并用，把所有力气都往对方身上招呼，演绎了什么叫"伤敌一千，自损八百"。

最终，夫妻两个互相搀扶着去了城里的医院，一个止了血，一个缝了针。

回到家，扫起满地的瓷碴，用塑料袋封了窗户，晚上，等东方梅睡着了，两个人又忍着疼亲热了半宿。

东方亮卖蔬菜水果挣到了钱，打算翻新他的房子，在翻新房子之前，他决定先翻新天井里的门楼，门楼是脸面。

东方亮进城买下一车崭新的红砖，招呼工人拆掉旧门楼。

一个月以后，东方亮站在新落成的门楼前，看着门楼高起，有点傲视群雄的意思，身后的蓝漆三轮卡车一尘不染，艳阳高照，一切都让东方亮觉得愉快。

此时，距离毛家沟补胎厂的轮胎钢芯击中他的脑门已经不足十九天。

东方亮和媳妇小苑拉了一车蔬菜，前往镇上去卖，途经毛家沟，三轮卡车爆了胎，东方亮瞅见路边有个补胎的，就把三轮卡车开进去。

补胎的检查轮胎，说扎了一颗钉子，可以补。

小苑去检查蔬菜上盖着的雨篷，东方亮站在那里抽烟。

补完了，补胎的给轮胎充气，气泵轰鸣，气枪枪嘴里发出哨声，东方亮站在一旁看着，又点了一根烟，盘算着卖掉这车菜能赚多少钱回来。

路边很多车辆经过，天气也很好，适合跑长途。

东方亮第二根烟还没抽完，气枪从轮胎里弹出来，轮胎钢芯被气压鼓胀，突然就活了过来，急不可耐地脱离了橡胶的束缚，如同一个桃核挣脱了果肉。钢芯带着风声，照着东方亮直奔而来，不偏不倚，正中他的天灵盖，东方亮感觉额头开出一道天光来，整个人被掀翻在地上，钢芯弹射出去，不见了踪影。

补胎的瘫在地上，听见巨响的小苑从车后面跑过来，看着躺在地上的东方亮，东方亮倒在地上，像一瓶顶开了瓶盖的汽水。

补胎的从屋子里抱出一床棉被，小苑用棉被裹住了东方亮的脑袋，赶到医院的时候，棉被已经被血泡得鼓鼓胀胀。

小苑抱着东方亮在医院走廊里号哭，一听抢救费的数额，补胎的转身跑了。

小苑打电话给东方亮的大哥东方明，东方明带上家里所有的钱连夜赶来，交了钱，东方亮终于进了手术室。

两个小时以后医院就下了病危通知书。

小苑除了号哭，已经没有了主意。

东方明签了字，请求医生尽量抢救。

东方亮侥幸活了下来，但没醒过来，医生宣判，以后他就是个植物人了。

家里人听到这个消息，都没了力气，开始担忧一个植物人未来的命运。

谁都没想到，东方亮以惊人的意志力醒了过来。

治疗了一年半，回到家的第三天，东方亮在媳妇小苑的搀扶下，用两条已经肌肉萎缩的腿，重新开始学习走路。

小苑很快就发现，东方亮的脸上除了脑门上那道醒目的疤痕，就只有堆满了整张脸的傻笑。

时年七岁的东方梅看着父亲，跟小苑说，妈，我爸成痴巴了。

小苑骂东方梅，别胡说八道。

东方亮回应母女两个的又是一声嘿嘿。

小苑沉默了下来。

这一年，东方亮刚满三十岁。

东方亮学会了重新走路之后，两条腿上的肌肉开始生长，他像婴儿一样开始从头学习说话，在小苑的指导下，开始辨认肉眼所及一切事物的名称，世界对他来说，宛如创世之初。

东方亮渐渐地能叫出家具的名字，说话从一个字、一个词往外蹦，到能含含糊糊地说出一两句完整的句子。

小苑只能无奈地接受，东方亮的脑袋被钢芯击中之后，再也无法自如地控制自己的舌头和双腿，他说起话来舌头不听使唤，走起路来双脚拖在地上，很是费鞋。

东方亮脑门上的伤口愈合成疤，但被钢芯打掉的东西，却再也找不回来了。

东方亮照旧吃很多饭，睡很多觉，醒来之后，脸上就自然而然地泛起傻笑。

小苑想起，那就是村里人说的，痴样长到了脸上。

人要是痴样长到了脸上，就没救了。

小苑做主把三轮卡车卖掉，重新盖起来的门楼，没了蓝漆卡车的映照，显得料峭单薄，夜里一起风，风吹过门楼发出一两声低吼。小苑此前从来没有注意过这些声音，现在虽然东方亮仍旧睡在小苑旁边，但她感觉家里冷清得厉害。

七岁的东方梅并不知道父亲痴巴了以后，家中要面临怎样的生活巨变，现在她也不在意命运要把她和这个家带向何方，她只知道，这个夏天，她没有吃到总是吃不完的西瓜。

等到东方亮的双腿可以骑上二八自行车了,家里人都为东方亮的恢复程度欢欣鼓舞,老母亲已经接受了一切,把东方亮遭遇的这一切都归结为命运,安慰自己也安慰他人:人的命,天注定,想来想去,没有用。

大哥东方明为了给东方亮治病,已经花掉了这几年在外打工赚来的大部分积蓄,等拿到法院的强制执行令之后,当年毛家沟补胎的肇事者已经逃之夭夭,留下一片废墟,只有"补胎"两个暗红色的字依旧醒目。

东方亮骑着二八自行车,载着媳妇小苑再次出现在村子里。
村里的一条大路直通村子南北两端的公路,村里人要进城,不是往南,就是往北。

东方亮自行车已经骑得娴熟,远比他走路要顺利得多,小苑坐在他身后,看他的背影,他仍旧是个痴巴,看起来痴巴的状态已经深入到了他的骨髓。

媳妇小苑答应东方亮,从城里回来的时候,给他带一瓶白酒,给女儿东方梅带两串糖球。
东方亮已经很久没有喝酒了,但他仍旧记得酒的味道。尽管酒精会伤害他已经伤痕累累的大脑，他还是很渴望喝酒，在他此后余生里，他一天也不能再离开酒，喝不起贵的，就喝劣质的。他每天都要喝一点，从酒精中寻找一点微不足道的快乐。

东方亮载着媳妇小苑到了南边的路尽头，两个人在路边等进城的小公共汽车。

东方亮带着习以为常的憨笑，把媳妇小苑送上了公共汽车。

小苑跟他挥手，他也跟小苑挥手。

小公共汽车歪歪扭扭地沿着公路疾驰而去，东方亮扶着自行车在树荫底下，试图透过小公共汽车肮脏的厚玻璃，找到媳妇小苑。

这时候的东方亮并不知道，这是他倒数第二次见到媳妇小苑，从这天开始，他就成了十里八乡远近闻名的光棍儿。

东方亮没有等到他想喝的白酒，东方梅也没有等到她爱吃的糖球。

对于媳妇小苑一去不复返，东方亮感到困惑。

在家人的提醒下，东方亮骑上自行车前往媳妇小苑的老家，对于去向各个村镇的路线，东方亮仍旧和以前一样了如指掌，这是他驾驶三轮卡车的时候，留在肌肉里的记忆，可能不需要动用大脑就能随时调用。

东方亮找到了小苑的三姐。

小苑的三姐亲切地接待了他。

三姐告诉东方亮,你老婆跟着我男人跑了。小姨子勾搭走了姐夫。

东方亮没能明白三姐这句话的意思,他甚至没有收起脸上的傻笑。

三姐说,跑了就跑了吧,就当他们死了,男人靠不住,姊妹也靠不住。

三姐站起来跟东方亮说,你回去吧,我该打坐了。东方亮这才想起来,自己还没吃饭。

但是三姐没有留东方亮吃饭的意思,东方亮有些不高兴,人无论什么时候,都应该吃饭,不吃饭就会饿,饿了就骑不动自行车。

东方亮看着三姐,说,我还没吃饭。

三姐说,今天家里不能开火,你回家吃饭吧。

东方亮回到家,告诉女儿东方梅,你妈跟她三姐夫跑了。

东方梅想了想说,我妈的三姐夫,就是我三姨夫。

说完之后,东方梅爆发出号哭。

东方亮看着在地上哭得直打滚的东方梅,自己的肚子开始咕咕叫。

东方亮跟自己说,我还没吃饭。

厨房里，东方亮站在灶台前，苦思冥想自己的第一步该干什么，想得脑门上标志性的疤痕开始跳动。

三姐死在了入秋之后的一个夜里，死于煤气中毒。
村子里的人都说，是三姐的男人和小姨子一起害死了三姐。

三姐死后，留下一栋房子，还有一个十岁的男孩。
二姐收养了这个男孩，每天都要诅咒那位跟着三姐夫私奔的亲妹妹早一点死掉。

小妹东方芝在外面惹到人，人家开着面包车杀进东方芝家里打砸的时候，东方亮在隔壁听到了动静，他花了一点时间在灶台上寻找趁手的工具，最终选择了那把菜刀。握上菜刀的一刻，年轻时好战的血液，再一次在他身上剧烈燃烧。他拖着自己并不灵活的身体，握着菜刀冲进去，看到老父亲、老母亲还有最小的妹妹被一群人围在了垓心，他瞅准一个拿钢管的寸头，之所以选这个寸头，是因为这个寸头离他最近，他嘴里骂着脏话，一刀砍向寸头。他想砍第二个人的时候，脚下已经打滑，摔在地上四仰八叉的他，在那场战争中再也没能站起来，好在他还是镇住了全场，没有人再敢动手，直到警察出现。

事后，村里人听说，被砍的寸头并没有死，只是说话声音变得沙哑，捡回来一条命。寸头家里人状告东方亮，东方亮因为精神有问题得到了豁免。

寸头的家人转而开始状告那位混街面的大姐。

知道东方亮并没有真的杀人之后，村里人就不怕东方亮了。

东方亮骑着自行车停下来的时候，也没有人给他递烟了。

寡妇刘再一次把没有带东西就妄图前来过夜的东方亮扫地出门。

东方亮失去了凶恶的光环，再次成为一个痴巴。

东方亮是个痴巴光棍儿，迎接他的是漫无边际的庸常生活，唯一能给他带来浅薄快乐的，就只剩下烟和酒。

为了能够抽上烟、喝上酒，除了低保之外，东方亮在村子里找到了一份工作，给死人抬棺。

这个专门帮丧主处理白事的团体，在这里被称为"四师爷"。

"四师爷"不是一个人，而是一支队伍，由村子里的老头、鳏夫、失业者组成，负责张罗白事。比如出殡，扎纸扎，联系葬礼上用来奏乐的鼓乐队，为死者封棺，替死者书写标记生卒年的旌旗，开灵车，送死者去殡仪馆火葬，不忘提醒丧主事后可以领取一千块钱的火葬补贴，等等。

"四师爷"熟悉村子里白事的全套流程，在出殡的时候，由他们带领着孝子贤孙烧纸、摔瓦盆，指挥他们什么时候哭泣、如何跪拜旌旗。

他们不会遗漏任何一个仪式。

送走一个死者，他们就可以获得几包好烟，喝几顿好酒，分到几百块钱。

组成"四师爷"的队伍，是村子里的边缘人。所有人都觉得，正经人不会干这种丧气的事情，平日里"四师爷"得不到村民正眼相看，可一旦有了白事，他们又必不可少。

"四师爷"会第一时间知道谁家的谁刚刚死去，甚至有某种预判别人生死的能力。如果他们预感到有人将死，这一天就哪儿都不去了，在家里安静地等待，等着丧主上门请他们出山。

东方亮在"四师爷"中谋得了一份抬棺的工作，负责在出殡的时候和另外三个人抬起棺材，护送死者走完剩下的路。

一场白事办完，除了两包烟、一瓶酒、几顿好饭，东方亮还可以获得五十到一百不等的收入。

东方亮成为"四师爷"的一员。但他没想到，有一天，他会送别自己被癫病折磨多年的老父亲东方全。

老父亲东方全死于八十三岁这一年。

在饱经疾病折磨的十几年里，东方全最开始还能拎着马扎指挥东方亮，在菜园里给白菜浇水，种下豌豆。

过年的时候，东方全坐在马扎上看着东方亮给门楼上的两扇门贴上春联。

后来，东方全颤抖得越来越厉害，再也无法控制自己的身体，终于被困在了炕上，能走的最远的路，就是去院子里上个厕所。

东方全和颤病奋斗了十多年，他听医生说，这个颤病叫帕金森，但他并不认识谁是帕金森，也不知道身在中国北方农村的他，为什么身上会得一种叫帕金森的病。

东方全再也无力照料东方亮了。他身上的力气在十几年里一点点地都抖掉了，他离开在一个初春的早上。

东方明率领着孝子贤孙送别老父亲东方全，葬礼的繁文缛节只有"四师爷"最清楚。

"四师爷"教会东方明在出殡的时候，送别老父亲应该怎么喊。

"四师爷"喊一句，东方明就喊一句，跪在东方明身后的东方亮，自从受伤之后，说话总是含含糊糊，但这一次，他也跟着喊起来，声音比谁都洪亮，吐字比谁都清晰。

他喊——

爹，你上西南，宽宽的大路，长长的宝船。

爹，你上西南，骝骝的骏马，足足的盘缠。

爹,你甜处安身,你苦处化钱。

他跟着喊的时候,脸上的傻笑褪去,痴样也收敛,脸色变得庄严起来。他喊完之后,跟着所有人一起号哭起来,他的眼睛里、皱纹里、疤痕里,都流露出真切的悲伤。

对于东方亮而言,悲伤转瞬过去,他开始操心自己抽烟喝酒的问题。

东方亮决定卖东西。

他瞒着老母亲,把老母亲当年陪嫁的嫁妆——一对樟木箱子——以两百块钱的价格卖给了一个收破烂的。

老母亲急得跳脚,给了东方亮两个耳光。

最终,大哥东方明托人花了四百块钱辗转把樟木箱子买了回来,这件事情才作罢。

尽管东方亮明显已经痴巴了,但在某些方面,脑子依旧活跃。

趁着隔壁邻居盖房子的时候,东方亮半夜起床,打量着邻居家垒在外墙的一吨水泥,有了主意。

第二天,邻居出门,看到一吨水泥不翼而飞,便顺着水泥洒在地上的痕迹,敲开了东方亮家的大门,看到东方亮把一吨水泥整整齐齐地垛在墙角。

东方亮绝不承认这是邻居家的水泥，只是告诉邻居，这是我买来翻新房子的，你看我的门楼是新的，房子是旧的，我早晚是要翻新房子的。

老母亲不得不出面干预，东方亮又极不情愿地把一吨水泥搬回原地。

最后剩下一袋子水泥，东方亮说，你听过"晒一晒，挣一块"的故事吗？

邻居愕然。

邻居当然听过这个故事。

这是村子里流传至今的著名掌故，没有人不知道。

东方亮已经没有能力复述这个故事了，但他还记得这个故事的道理，并试图用这个故事的道理教育别人。

村子里的传说认为，财宝是有生命的，自古以来都是财宝选择主人，主人不能选择财宝。

说是早些年前，有一个人，挑着筐去拾粪，太阳一出来，拾粪的看到地上的粪不是粪了，是一块又一块的狗头金。

他每走两步就看到一块狗头金，他把狗头金一块一块地拾起来扔进筐里。拾了一路的狗头金之后，他觉得背上的筐还是很轻，一点都没有感觉到金子的重量。

他停下来，卸下筐，看到里面只剩下一小块狗头金，而其他的狗头金都醒了过来，早已经跳出筐子，一跳一跳地四散而去，最终消失在太阳底下。

他捡起筐里剩下的一小块狗头金，端详半天，随即看到地上有一群密密麻麻的蚂蚁，在他面前组队爬行，渐渐组成了一行字：晒一晒，挣一块。

邻居在听到东方亮提到这个故事之后，哭笑不得，只好留了一袋子水泥给东方亮。

在东方亮沉迷于挣钱的那些年，东方梅初中就已经辍学，开始了她漫长的打工生涯。

当时韩国人在城里建鞋厂，大量招收女工，不在意女工的年纪，东方梅便成为鞋厂的女工，和跟她一样年纪的女孩从早到晚踩十个小时的机器。

东方梅很快适应了打工生活，她觉得打工比上学还有意思。

第一个月她学着别人，成功夹带出两只鞋子，不上班的时候，她就穿着这两只款式颜色都不一样的鞋子招摇过市。

东方梅打听到了母亲的下落。已经离开她九年的母亲小苑，跟她三姐夫在周围某个不知名的村子定居。

东方梅找了个周末，赶往母亲隐居的村子，打听了大半天，最后敲响了一扇门。

已经从短头发变成长头发的母亲小苑，怀里抱着一个孩子，开了门，看见东方梅，辨认了一会儿，认出了她。

她没有把东方梅让进屋子里，而是抱着孩子把门锁上，说，我要进城。说完就往公路上走。

东方梅在身后跟着，也不知道该跟她久别的母亲说些什么。

小苑抱着孩子到了路边，上了一辆公共汽车。

东方梅没说话，但扯着车门，不让车走。

小苑看了她一眼，因为怀里抱着孩子，没有手可以推开东方梅，她下意识地抬起脚，给了东方梅一脚，东方梅猝不及防，被母亲一脚踹倒，滚落在路边的沟里，等再爬上来的时候，公共汽车已经绝尘而去。

东方梅坐在沟里，再一次像小时候一样，号啕大哭。

东方梅痛恨母亲，痛恨父亲，痛恨村子里对她指指点点的所有人。

东方亮以肉眼可见的速度老下去，皱纹比同龄人长得更密。

成年之后的东方梅过年回家，剃了个毛寸，嘴里叼着烟，穿着男装，踩着皮鞋，带回一个女孩，两个人拉着手，在北方凋敝的农村里光明正大地走了一圈。

家里人不知道该如何称呼东方梅带回来的女孩。东方梅说,我以后就不是女的了,我生下来就不应该是女的,我应该是个男的。我是个女的就是个错误。我整个人就是个错误。现在我要改掉这个错误。

老母亲搬到了东方明的房子里,把两间老房子都留给东方亮。
东方梅带着这个女孩,住进了东方亮两间房子中的一间。
白天,她带着女孩一起去镇上的玩具厂上班。
晚上带着肉回来,炒几个菜喝酒,逢喝必多,逢多必醉。

东方亮也跟着沾了光,他跟着东方梅迫不及待地把自己喝得猴三马四。酒精让他本来就不利索的舌头和腿脚更不利索,让不灵光的脑子更不灵光。

喝多了的东方梅,看自己不顺眼,她斜着眼看着喝得满脸通红还带着傻笑的东方亮,问他,你为什么生我?你凭什么给我这样的命?

东方亮不喝酒的时候也听不懂东方梅这几句话是什么意思,现在他更听不懂。他所能做的,只是嘿嘿傻笑,继续给看起来像儿子的女儿倒酒。

但东方梅不依不饶,让他说话,你凭什么给我这样的命?
好像东方亮果真拥有掌管女儿在人间命运的权力。

东方梅梗着脖子红着眼,说,我妈就应该跑,我就是恨她不带我一起跑。

这句话终于还是刺痛了东方亮,他把手里的杯子扔在炕前,摔碎了。

东方梅摸起桌子上的水果刀,把刀柄往东方亮手里递,自己往上凑,来,你把我这条命收回去,你现在就收回去。你不是杀过人吗?来,你往我这里捅。

东方亮握着刀子,眼神再一次浑浊起来,往后躲。

东方梅带回来的女孩进来拉她的手,她把女孩推开,逼东方亮,对东方亮喊,你捅啊。

东方亮拿着刀子,不知所措,东方梅一迭声地催促。东方亮这些年早已经习惯了听从别人的指令,听到指令他的第一反应就是执行。东方梅喊得越来越大声,东方亮退无可退,终于把手里的刀子送出去,东方梅哎呀一声,倒在了地上。

女孩吓坏了,去夺东方亮手里的刀,东方亮松了手,女孩跌在地上,又赶紧爬起来去看东方梅,东方梅的肚子隔着衣服渗出血来。

东方亮看着她们,酒意上涌,哇的一声吐了一地。

东方梅肚子上的伤口并不深,只是破了一个小洞,但东方亮从此以后多了一个捅亲生闺女的罪名。

东方梅走的时候,跟东方亮说,欠你的我还你了。

这以后，东方梅就消失不见了，逢年过节也不再回家。偶尔打电话回来，她不是在东北，就是在广东，一会儿卖烧烤，一会儿贩服装。

她最近一次打电话回来，是跟家人宣布，她已经彻底不是女的了。

失去了媳妇的东方亮，似乎也被女儿东方梅遗忘了。

他被困在残疾的身体和北方的农村里，除了烟和酒，他又认识了寡妇刘，依靠着烟酒和寡妇刘度过残生。

东方亮紧接着又两次跟死亡擦肩而过。

一次是在接连三天袭击北方的暴雨中。

东方亮居住的两间屋子分为东西两间，东方亮夏天睡西间，冬天睡东间。但那天晚上，睡在西间的东方亮突然想睡东间，他把被子铺在东间里，打开了东间衣柜的门，取出里面花花绿绿的旧衣服，这些旧衣服是当年媳妇小苑留下来的，他躺在这堆旧衣服里，渐渐睡着。

夜里，暴雨敲击屋顶上的灰瓦，泥土味夹杂潮气。

东方亮被一声巨响惊醒。他坐起来，感觉到屋子里面竟然也风雨交加。他披上衣服，下床去看，东间的两间房子，屋顶塌下来，房梁断掉，在废墟上打了个叉，四面墙向外倒塌，像有个巨人走夜路没看清一脚踩在了他的房子上。

风和雨一起往屋子里灌,从昏睡中醒来的东方亮本来就不灵光的脑子更不灵光了,他久久地站在那里,不知道该怎么办。

第二天,哥哥东方明从城里赶回来,领着东方亮在仍旧没停的暴雨中,努力抢救东方亮为数不多的家具。

东方亮搬运邻居的水泥回家翻新房子的心愿,似乎得到了上天恶作剧一样的回应。东方亮在二十二岁娶媳妇时监督工人盖起新房子,时隔二十年,又迎来了一次盖新房子的机会。

他每天一大早就出现在已经被彻底推倒的房子前,监督着工人打地基、起房梁。

等房子封顶的时候,他坚持亲自点燃鞭炮,因为有风,手里的打火机又是他捡来并经过多次组装之后的破烂儿,他花了几分钟,才把鞭炮点燃。

鞭炮炸裂的时候,他又跑过去,亲自挑起鞭炮,围绕着他的新房,噼里啪啦地响了一圈,尽管烟尘熏人,但他脸上还是带着傻笑。

翻盖房子花费的四万块钱,镇政府出了一半,东方明出了一半。每个月都可以领到低保的东方亮,逢人就炫耀自己的残疾证。他朴素地认为,现在自己能拿到钱,政府能帮他盖房子,这都是对他脑子不灵光的一种奖赏。

东方亮第三次接近死亡，是在自己的新房子里。

冬天，东方亮生炉子取暖，碎煤没有得到充分燃烧，加上东方亮一到冬天就习惯关门闭户，气流不通，东方亮被煤烟熏倒在屋子里。

等老母亲推门进来的时候，东方亮已经歪在炕上吐白沫了。

年近八十岁的老母亲把年近五十的傻儿子从充满煤烟的屋子拖到院子，东方亮缓缓醒过来，跟老母亲说，我造了个梦。

村子里把做梦说成是造了个梦。

老母亲问他，造了什么梦？

东方亮说，我梦见钢芯没打到我，我扭头，闪过去了。

在东方亮的梦里面，正在充气的轮胎，钢芯击出，朝着他飞来，他一扭头，躲过去，钢芯绕过他，打在了一棵光秃秃的树上。

补胎的因此赔给东方亮一个新轮胎，东方亮骑着三轮卡车，载着媳妇小苑，还有车斗里一车的蔬菜瓜果，奔向下一个城镇，在那里，他凭借自己的好账头，狠狠赚了一笔。

东方亮五十岁这年，东方梅从东北回到家，这时候的她，已经完全看不出是个女孩子了。

她再一次跟东方亮宣布，我改名字了，以后我不叫东方梅了，我叫东方洋。

　　改名东方洋的东方梅带着女孩去城里喝酒。
　　东方洋再一次喝多了。
　　她接到了母亲的电话。
　　电话里，母亲跟她说，我得了癌，要钱看病，你给我钱。
　　东方洋把电话挂了，跟女孩说，我想吃糖球。

　　女孩给她买回两串鲜红的糖球，她吃得很狰狞，糖汁流到嘴角，眼泪和鼻涕也一起流出来，女孩给她擦，东方洋哭倒在女孩的怀里。

　　镇上得知东方亮有一个已经成年的女儿，以及在法律上还具备生活能力的妻子之后，决定取消东方亮的低保。
　　老母亲让东方梅联系了小苑，要求她和东方亮一起，去镇上的民政所办离婚。
　　时隔二十年，东方亮最后一次见到了法律意义上的媳妇小苑。
　　小苑自始至终没有跟东方亮说一句话，也没有正眼看他。

　　手续办完了，小苑闷头走，去车站坐车。
　　东方亮骑着他攒低保买下来的时速最高四十迈的电动车，跟在小苑后面。
　　车到站了，小苑赶紧上了公共汽车，车门迫不及待地关上，公共汽车疾驰而去。

车上的人，透过脏兮兮的后窗玻璃，看着东方亮把他的电动三轮车开到最高速，一路追逐着公共汽车。

风吹起他的头发，露出他额头上已成为他身体一部分的疤痕，皱纹渐渐舒展开来，脸上的痴巴样也被风吹得消散。他有点糊涂，忘记了自己为什么而追逐。

他骑车行驶在漫长的马路上，经过一个又一个绿灯，带走他媳妇的公共汽车已经消失在道路尽头，不知去了哪里，就像这些年一直行踪诡秘的小苑一样，但东方亮仍旧没有停下来。他加速、飞驰，他已经不需要目的地，又或者前方就是他应该去的地方。

尽管电动三轮车的车速只有四十码，但东方亮分明能感觉到，他骑在车上，就跟风一样快，如果他愿意，他甚至可以飞起来。

夕阳的余晖降落在辽阔凋敝的北方平原上，红云灼烧天际，东方亮骑着他的电动三轮车，上坡，下坡，出现，消失，消失又出现，他再一次驶向远方，驶向未知。等天擦黑，他亮起车灯，车灯擎起微弱的光柱，但仍旧能击穿挡在眼前的黑，东方亮用这盏微弱但持久的车灯，向命运竖起一根长矛。

后记

这本小说集，跟我以往写的故事的风格有所不同。

在这本书里，我想写很小的个体，小到可能被忽略不计。他们终其一生除了跟命运抗争，几乎没取得什么成就，历史也不会为他们著书立传，他们的事迹和姓名终将消失不见。但他们在漫长的宇宙中存在过，发过光，他们在挣命的路上，有一些时刻头顶会展现出神性之光。

他们疲倦不堪的身体和灵魂里，可能藏着杜甫，藏着李白，藏着超脱人类的瞬间。

他们即是我们。

我想写很小的事情，小到可能每时每刻都在发生，但并没有太多人在意，就像在雪夜里划亮一根火柴。

仔细想想，其实人生除了这些像火柴一样细小的事情，也并没有太多大事。

而我们也都是在雪夜里划火柴的人。

我想写很小的感悟，小到很私人化，小到其他人也许不能感同身受，小到可能转瞬即逝，小到只能躲在普通人最朴素的记忆里。

但这些细琐的私人感悟，又都是文学和诗歌的源头。

世上活着的人，谁不是用命在写诗？

我想写兽性，想写人性，想写神性，毕竟是这三者在一起才使人之所以成为人。

人就是命运笔下最好的文章。

我想读到好文章，更想写出好文章。

我不敢说我已经做到了我想做到的这一切，毕竟"想到"和"做到"之间长路漫漫，但是我没停过。

写下这行字的时候，一抬头，外面夜雨华灯，时间好像已经过去了很久。写作对我来说就是，一情一事淤积于内，一字一句发乎于外，写下的故事陪着我度过每一个夜晚。许多事情变化了，许多人离开了，许多故事仓促地结束，我已经走出了很远。

写下的每一个故事，都是我个人的年谱，我重读自己笔下某个故事的时候，就能瞬间想起当时正在经历的生活。

我会继续写下去。

有一年，我回老家，在一家中药店里终于见到早已仙逝的外公的墨宝：苔枝缀玉，草木通神。

读到这八个字时，我心中一凛，似乎突然就明白了这句话隐含的妙处：无论身在哪个行业，只要心热手熟，慢慢精通一门技艺，直到能从山里认出水，也能从水中见识山，总有一天你能跨入通神的境界。

草木入药可治病，可通神，我手里的笔或许也可以。

回到家，我给自己刻了一方印章，刻了四个字"笔可通神"，希望有一天，我能告诉你，我做到了。

写完这本小说集，我想我可以大言不惭地叫自己一声小说家了。

出品人：许　永
出版统筹：海　云
责任编辑：李幼萍
特邀编辑：何青泓
　　　　　王佩佩
装帧设计：李嘉木
印制总监：蒋　波
发行总监：田峰峥

投稿信箱：cmsdbj@163.com
发　　行：北京创美汇品图书有限公司
发行热线：010-59799930

创美工厂
官方微博

创美工厂
微信公众号

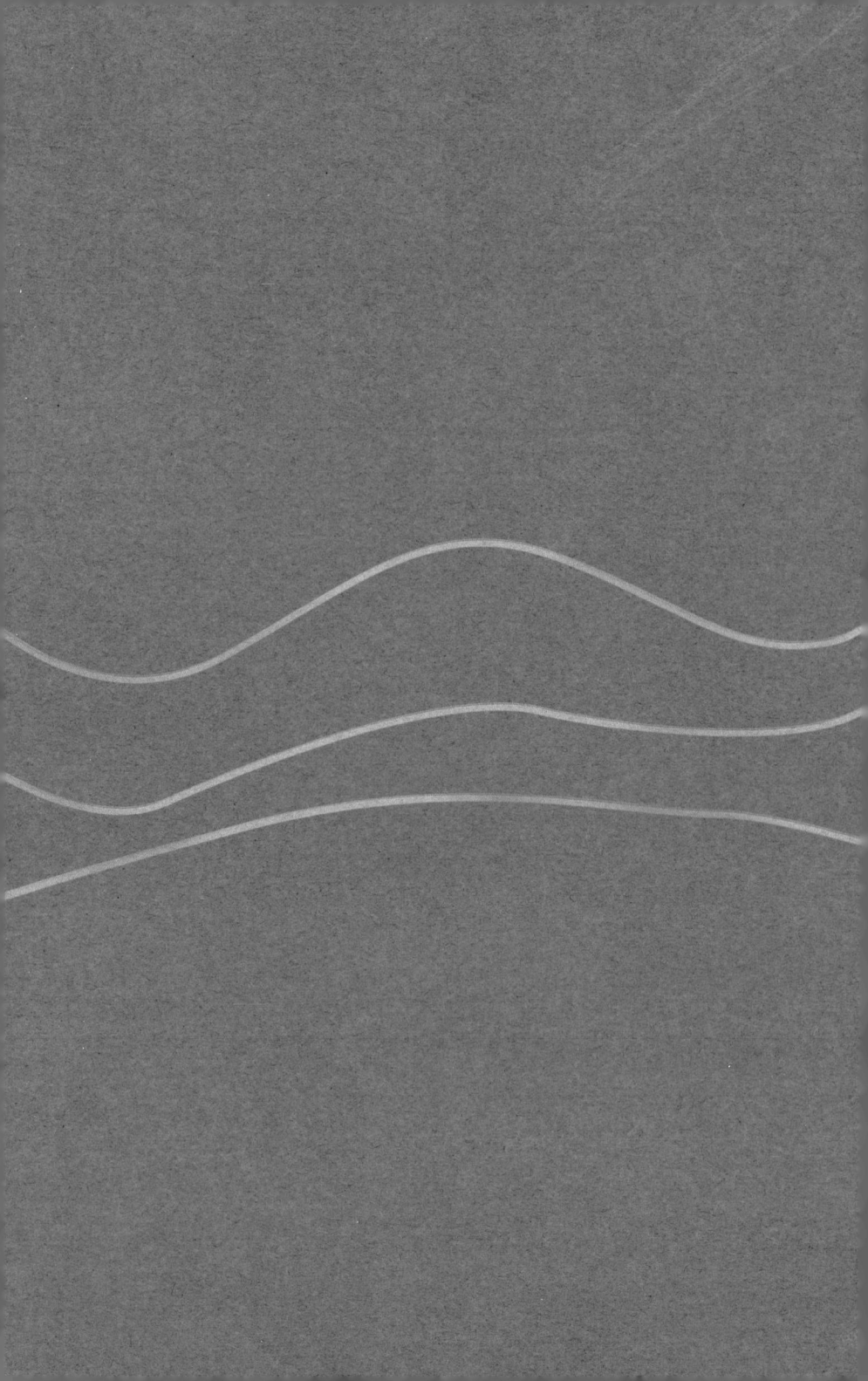